JOURNAL D'UNE SORCIÈRE

Remerciements à Michèle Mancheron

Illustration de couverture : Lorenzo Mattotti

Titre original : *Witch Child*
Pour l'édition originale publiée en 2000 par Bloomsbury Publishing
© Celia Rees, 2000

© Éditions du Seuil, 2002, pour la traduction française
Dépôt légal : mai 2002
Isbn : 2-02-051083-9
N° 51083-1
Tous droits de reproduction réservés

Le Code de la propriété intellectuelle interdit les copies ou reproductions destinées à une utilisation collective. Toute représentation ou reproduction intégrale ou partielle faite par quelque procédé que ce soit, sans le consentement de l'auteur ou de ses ayants cause, est illicite et constitue une contrefaçon sanctionnée par les articles L. 335-2 et suivants du Code de la propriété intellectuelle.

www.seuil.com

Celia Rees

JOURNAL D'UNE SORCIÈRE

Traduit de l'anglais
par Marc Albert

Seuil

Pour Rachel

Le texte qui va suivre est tiré d'une remarquable collection de documents désignés sous le nom de « Manuscrits de Mary ». Trouvés à l'intérieur d'une couverture en patchwork de la période coloniale[1], ces documents constituent une sorte de journal intime, tenu sans régularité. Toutes les dates sont le fruit de déductions établies à partir des événements rapportés. Les premiers documents ont été datés de mars 1659. L'original a été modifié aussi peu que possible, mais la ponctuation, le découpage en paragraphes et l'orthographe ont été modernisés pour le lecteur d'aujourd'hui.

Alison Ellman
Boston, Massachusetts

---

1. Les treize territoires, dont la Nouvelle-Angleterre, qui allaient constituer les États-Unis d'Amérique, étaient, à l'origine, colonie britannique.

Au commencement

Début mars [?] 1659

Je suis Mary.
Je suis une sorcière. Ou du moins est-ce ainsi que certains m'appellent. « Progéniture du diable », « petite sorcière », siffle-t-on dans la rue, alors que je ne me connais ni père ni mère. Je ne connais que ma grand-mère, Eliza Nuttall ; mère Nuttall pour ses voisins. Elle m'a élevée depuis ma naissance. Même si elle a su qui étaient mes parents, elle ne me l'a jamais dit.
« Fille du roi des aulnes et de la reine des fées, voilà qui tu es. »
Nous habitons une petite maison à la lisière de la forêt, grand-mère, son chat, mon lapin et moi. Ou plutôt habitions. N'y vivons plus.
Des hommes sont venus qui l'ont emmenée de force. Des hommes à manteau noir, coiffés de chapeaux aussi hauts que des clochers. Ils ont embroché le chat sur un pic, fracassé le crâne du lapin contre un mur, disant que ce n'étaient pas des créatures de Dieu, mais des démons familiers, le diable lui-même, déguisé. Ils ont jeté l'amas de fourrure et de chair sur le tas de fumier et menacé de nous faire subir le même sort, à moi, à elle, si elle ne leur confessait pas ses péchés.
Puis ils l'ont emmenée.
Grand-mère est restée enfermée dans le donjon pendant plus d'une semaine. D'abord ils l'obligèrent à « marcher », marcher comme un soldat, de long en large, entre eux, pendant un jour et une nuit, jusqu'à ce qu'elle ne puisse même plus clopiner, les pieds ensanglantés et enflés. Elle ne voulait

pas se confesser. Alors ils entreprirent de prouver qu'elle était une sorcière. Ils firent venir une femme, une piqueuse de sorcières, qui lui larda le corps de grandes aiguilles, partout, à la recherche de l'endroit engourdi d'où le sang ne coulerait pas, là où les démons familiers se nourrissaient. Ils observaient la scène, et ma grand-mère était forcée de se tenir face à ces hommes qui jubilaient, vieille dame nue, privée de pudeur, de dignité, son corps desséché dégoulinant de sang, et elle ne se confessait toujours pas.

Ils décidèrent de vérifier si elle pouvait flotter. Ils avaient plein de preuves contre elle, voyez-vous. Plein. Toute la semaine, les gens s'étaient présentés avec des accusations. Comment elle leur avait jeté le mauvais œil, et fait venir la maladie sur leur bétail et leur famille ; comment elle avait utilisé la magie, planté des épingles dans des figurines de cire pour provoquer des calamités ; comment elle hantait la contrée sur des kilomètres, transformée en grand lièvre grâce à des onctions de graisse de cadavre fondue. Ils m'interrogèrent : « Est-ce bien cela ? » Elle dormait dans le lit à côté de moi chaque nuit. Comment pouvais-je savoir où elle allait quand le sommeil la prenait ?

Ce n'étaient que mensonges. Absurdités et calomnies.

Ces gens qui l'accusaient étaient nos amis, nos voisins. Ils étaient venus à elle, la suppliant de les aider à soigner leurs bêtes et leurs enfants, les malades ou les blessés, une femme en couches. Car elle avait ce don, dans les mains, et la connaissance des herbes et des potions, mais ce pouvoir était sien, non celui du diable. Les gens avaient confiance en elle, ou du moins avaient-ils recherché sa compagnie jusqu'à présent. Naissance ou mort, on sollicitait toujours l'assistance de ma grand-mère au moment du passage d'un monde à l'autre.

Ils étaient tous là pour le bain, debout des deux côtés de la rivière, alignés sur le pont, regardant, en bas, le large creux où l'eau paraissait noire et profonde. Les hommes à hauts chapeaux tirèrent ma grand-mère du trou puant où ils l'avaient jetée. Ils l'attachèrent en croisant les liens, le gros orteil du pied droit relié au pouce de la main gauche et vice versa, s'assurant que les cordes fines étaient bien tendues. Puis ils la poussèrent dans l'eau. La foule regardait en silence, on n'entendait que le raclement des pieds tandis qu'elle avançait pour voir ce que ma grand-mère allait faire.

« Elle flotte ! »

Le cri partit d'une seule personne qui lança la remarque d'une voix calme, presque émerveillée ; puis il se répandit de l'un à l'autre, jusqu'à ce que tous psalmodient d'une seule voix, semblable au hurlement d'une chose monstrueuse. Flotter était une preuve certaine de culpabilité. Elle fut ramenée à la rive par un crochet comme un vieux tas de linge. Ils ne voulaient pas qu'elle se noie : cela aurait privé le peuple d'une pendaison.

C'est un jour froid, même pour un début de printemps. Le sol est blanc de givre et les arbres ont à peine verdi, mais les gens viennent de partout pour la pendaison. La place du marché est prise d'assaut : c'est pire que le jour des domestiques.

Il est dangereux pour moi d'être là. Je vois leurs coups d'œil, j'entends leurs murmures : « C'est elle, la petite-fille », « La fille du diable, plutôt », puis ils se détournent en ricanant, la main sur la bouche, rougissant des images obscènes qu'ils imaginent. C'est en eux qu'est le mal.

Je devrais m'enfuir, partir. Ils s'en prendront à moi après si je ne pars pas. Mais où aller ? Que faire ? Me perdre. Mourir dans la forêt. Je regarde alentour. Des yeux chargés de haine évitent les miens. Les bouches se crispent entre insultes et sarcasmes. Je ne m'enfuirai pas dans la forêt parce que c'est ce qu'ils veulent que je fasse.

Je regarde droit devant, maintenant, je fixe la potence. Ils ont martelé nuit et jour pour la monter. Cela sent le bois fraîchement coupé même là où je me trouve, à l'arrière de la foule.

Quels dons nous attribuent-ils, à grand-mère et à moi ? Si elle possédait le moindre pouvoir, ne s'en serait-elle pas servie pour ouvrir les verrous de leur donjon puant et s'envoler dans les airs vers un endroit sûr ? N'appellerait-elle pas son maître, Satan, afin qu'il les foudroie et les réduise en poussière ? Et si *moi*, j'avais un quelconque pouvoir, je les détruirais tous, ici et maintenant. Je les transformerais en une masse de crapauds fornicateurs. Je les changerais en tritons aveugles et lépreux et les ferais s'entredévorer. Je couvrirais leurs corps de plaies pestilentielles suppurantes.

Je les maudirais de génération en génération, à travers les âges, pour que leurs enfants et les enfants de leurs enfants portent des simples d'esprit pareils à des troupeaux d'oies. Je leur gâterais la tête, je figerais, corromprais l'intérieur de leurs crânes jusqu'à ce que leurs cerveaux s'écoulent par le nez en mucus sanguinolent...

Perdue dans mes malédictions, seul le soudain silence de la foule me ramena à la réalité. Des figures noires se tenaient sur les planches pâles, se détachant sur le blanc du ciel : découvreur de sorcières, pasteur, bourreau. Un éternuement bruyant rompit le calme. La mince silhouette d'Obadiah Wilson se pencha, brusquement secouée. En proie à une crise d'éternuements, il sortit un mouchoir de sa poche et le porta à son visage. Quand il le retira, la foule reprit son souffle ; le linge blanc comme neige était maculé de sang épais et rouge. La seule touche de couleur sur toute l'estrade.

Ma grand-mère fut amenée pour être présentée à la foule. Les mains liées dans le dos, elle fut poussée au pied de l'échelle appuyée à l'arbre de la potence. Ignorant les regards braqués sur elle, elle me cherchait au-delà des têtes levées. Nos yeux se rencontrèrent et elle sourit. Elle jeta un coup d'œil en coin à Obadiah Wilson, le découvreur de sorcières autoproclamé, qui essayait d'étancher le sang lui coulant des narines, et eut un très léger signe de tête, comme pour dire « bien fait ». Puis elle adressa un signe à quelqu'un derrière moi.

C'est la dernière image que j'ai d'elle. Le bourreau s'avança, la cagoule levée pour lui couvrir le visage et, au même instant, un manteau se referma sur moi. On m'emmena par une des allées escarpées partant du marché, et je montais dans un attelage qui attendait quand j'entendis le rugissement de la foule.

***

La femme assise en face de moi ne disait mot, et je ne lui parlais pas non plus. Elle regardait par la fenêtre, et tandis qu'elle scrutait le paysage qui défilait, je l'observais. C'était de toute évidence une dame, en riche appareil. Son manteau en douce laine de couleur sombre était attaché au cou par une broche et une chaîne d'argent; le velours de soie vert de sa robe chatoyait comme de jeunes feuilles de hêtre sous le vent printanier. Elle avait les mains gantées, des doigts longs et fins et, sous le cuir souple, on distinguait de nombreuses bagues. Elle était voilée. Une gaze noire aussi fine que de la brume obscurcissait ses traits, mais je pouvais tout de même voir qu'elle était jeune et avenante. Sa peau était pâle et je devinais l'ombre de ses pommettes saillantes et la jolie courbe de ses lèvres charnues. Je ne distinguais pas ses yeux et, de toute façon, ils n'étaient pas posés sur moi. Elle regardait continûment dehors.

Était-elle consciente de mon examen? Elle n'en montrait en tout cas aucun signe et se gardait de tout commentaire, dans le fracas du carrosse. Je me demandais si elle guettait d'éventuels voleurs – nous vivons une époque sans loi, les routes sont infestées de bandes de soldats en déroute des deux armées, et d'autres groupes de vagabonds divers. Beaucoup ont peur de voyager, mais elle ne faisait rien pour dissimuler sa richesse.

Elle ne semblait pas encline à me dire qui elle était et je ne cherchai pas à le savoir. Une vieille comptine me revint à l'esprit. Comme nous avancions, les roues du carrosse se mirent à tourner au rythme de :

« Il y avait neuf sorcières en ville, trois étaient vêtues de toile rêche, trois allaient en guenilles, et trois portaient du fin velours… »

Le Voyage

Mars 1659

Un changement dans le mouvement du carrosse m'éveilla. J'avais dû m'endormir, les sens engourdis par l'épuisement, bercée par le constant balancement. J'ai ouvert les yeux dans le fracas des sabots des chevaux sur les pavés. Dehors, le jour s'était assombri. J'ai pensé qu'on était en fin d'après-midi, bien que le ciel fût loin au-dessus de hauts bâtiments. Le cocher a lancé un appel auquel les chevaux ont répondu en hennissant, tandis que le carrosse tournait pour entrer dans une vaste cour d'auberge.

« Où sommes-nous ? »

Ma compagne n'a pas répondu, se contentant de sourire sous sa voilette et de poser un doigt ganté sur ses lèvres. La voiture s'est arrêtée. J'ai écarté un peu le rideau de cuir pour jeter un coup d'œil à l'extérieur. Le cocher nous a ouvert la porte. Des gens ont accouru : un garçon d'écurie pour tenir les chevaux, l'aubergiste s'inclinant et sa femme se confondant en révérences. Ils ont écarquillé les yeux quand ma compagne s'est retournée pour m'aider à descendre, mais n'ont rien dit. C'était comme si nous étions attendues. J'ai trébuché légèrement, les jambes raides d'être restée si longtemps assise, et la tête balançant encore au rythme de la voiture. La main qui tenait la mienne l'a pressée plus fort et l'a retenue.

Nous avons été conduites dans une pièce spacieuse, chambre d'un côté, salon de l'autre, de toute évidence la meilleure de l'auberge. La propriétaire nous y a apporté à boire et à manger : des assiettes d'étain remplies de ragoût à l'odeur de mouton, du pain de froment et du fromage, un bock de bière pour moi et du vin pour ma compagne. La femme a posé la nourriture, salué chacune de nous d'un signe de tête et s'est retirée.

La dame qui m'accompagnait a peu mangé, relevant juste sa voilette pour boire son vin à petites gorgées. Elle a émietté du pain entre ses doigts gantés et remué le ragoût dans son assiette. Le repas était peut-être trop fruste à son goût. Je sentais désormais son regard sur moi, j'étais maintenant l'objet de son attention. Mais je n'ai pas levé les yeux avant d'avoir fini de manger, et essuyé les dernières traces de sauce avec du pain. Car, bien qu'elle m'observât, et malgré tout ce qui m'était arrivé, je m'aperçus que j'avais vraiment très faim.

« Es-tu rassasiée ? »

Ses doigts fins tapotaient la table. J'ai hoché la tête.

« Cette pièce est-elle à ta convenance ? »

J'ai de nouveau acquiescé.

« Bien. »

Elle s'est levée.

« Maintenant je dois te quitter. J'ai beaucoup à faire. Annie, la femme de l'aubergiste, prendra soin de toi. Tu seras en sécurité avec elle, ne crains rien. »

Sur ce, elle est sortie. Je l'ai entendue parler à la tenancière, ordonner qu'on me prépare un bain. Ce qui fut fait. Un défilé de servantes versa des pichets d'eau fumante dans une grande baignoire au fond tapissé de lin. Je n'avais jamais vu pareille chose auparavant. Chez nous, les yeux me piquaient un peu en y repensant, chez nous, on se baignait dans la rivière, quand il nous arrivait de nous baigner. Une fois que tout fut prêt, la femme de l'aubergiste est entrée, l'air décidé, et s'est occupée de moi. Elle m'a demandé de me déshabiller.

« Ça aussi », a-t-elle dit, alors que j'étais en chemise.

Une servante a rassemblé mes vêtements et les a emportés.

« Que va-t-elle en faire ?
– Les brûler.
– Que vais-je mettre ?
– Ceci jusqu'à demain. »

Elle avait sur le bras une longue chemise de lin blanc. Je suis restée debout, nue, devant elle. J'ai porté la main à mon cou, où était accrochée une petite bourse de cuir, faite pour moi par ma grand-mère. Elle contenait des choses, des choses spéciales, à ne pas montrer à n'importe qui. J'ai rougi violemment. Je me sentais perdue.

« Tu es en sécurité avec moi, a-t-elle dit calmement, comme si elle savait qui j'étais et d'où je venais. Pose ça ici, et au bain ! »

Annie était une grosse femme aux yeux noirs enfoncés comme des raisins dans le petit pain rond qu'elle avait pour visage. Elle a remonté ses manches, découvrant des avant-bras aussi épais que des jambons. Elle m'a attrapée avec la force d'un fermier et s'est mise à me frotter. Je ne me trouvais pas spécialement sale, comparée à la plupart des gens de notre village, mais il a fallu changer deux fois l'eau avant qu'Annie ne soit contente. Ce sont mes cheveux qui ont posé le plus de difficultés. Ils étaient emmêlés et noués, ils s'enroulaient autour du peigne de sorte qu'elle a dû en enlever par poignées. Puis elle les a imprégnés d'un onguent à l'odeur âcre.

« De l'écorce d'aulne noir bouillie dans du vinaigre, m'a-t-elle répondu quand je lui ai demandé ce que c'était. Tu as autant de poux qu'un chien de mendiant. »

Elle a laissé agir l'onguent tandis qu'elle frottait le reste de ma personne avec des boules de savon grumeleux et des sachets d'herbes douces. Puis elle s'est de nouveau attaquée à ma tête avec un peigne fin pour retirer lentes et poux. J'eus l'impression que la plupart de mes cheveux s'en allaient et j'avais le crâne douloureux quand elle fut enfin satisfaite. Je suis restée assise dans la baignoire jusqu'à ce que l'eau soit froide et que je frissonne. Finalement, elle m'a demandé de sortir et m'a réchauffée en me frictionnant dans un drap de lin rêche qui m'a fait rosir.

« Là ! »

Elle me tenait à bout de bras, le visage rouge et en sueur. Elle m'a écarté les cheveux, m'a inspecté le crâne, puis m'a regardée de la tête aux pieds avant de déclarer :

« Je pense que tu feras l'affaire. Au lit, a-t-elle ajouté en me tendant la chemise de nuit. Je vais t'apporter du lait. »

Son visage avenant s'est éclairé d'un sourire.

« Tu es bien jolie, sans toute cette crasse ! »

Soudain, elle m'a prise dans ses bras.

« Pauvre petite. Que va-t-il advenir de toi ? »

Le bain a été emporté, l'eau sale vidée dans un grand baquet dans la cour et on m'a laissée seule. J'ai pris la bougie et suis allée au miroir craquelé et terni posé sur la haute commode. Le savon et les mots gentils m'avaient fait monter les larmes aux yeux. Dans le miroir, ils me regardaient fixement, rougis, l'iris gris tacheté de jaune et bordé de noir, dans un visage tout rose et blanc, nettement plus pâle qu'avant. Mes cheveux tombaient en mèches épaisses, d'un gris cendré dont les pointes tournaient au doré mat en séchant, de la couleur des feuilles de chêne en hiver. Ils encadraient un visage plein de creux et d'ombres, des traits qui ne m'étaient pas familiers. Peut-être était-ce la lumière vacillante de la bougie, mais j'avais l'impression de contempler un autre visage, celui d'une étrangère. Un visage de femme, pas celui d'une enfant.

On a frappé à la porte et les yeux gris dans le miroir se sont agrandis comme ceux d'une biche effarée. C'était la servante qui m'apportait du lait. Du pain trempait généreusement dans le lait chaud, parfumé de liqueur, de miel et d'épices. Je l'ai remué avec la cuillère de corne et l'ai mangé lentement, puisant du réconfort dans le breuvage bien chaud. Je me suis recroquevillée sur une chaise devant le feu, jusqu'à ce que les bûches s'effondrent en braises rouges, et à ce moment-là seulement, je suis montée dans le lit.

Je n'avais encore jamais vu de lit de la sorte. Je n'avais connu que la petite plate-forme dans la soupente enfumée de l'unique pièce de notre logement, les draps grossiers tissés à la maison, et une paillasse. Une bassinoire de cuivre remplie de charbons chauffait le lit, mais cela ne m'était d'aucun réconfort. J'aurais voulu la masse chaude de ma grand-mère à côté de moi. Elle était la seule personne que je connaissais, tout ce qui m'était cher. Je l'avais aimée et elle m'avait aimée. Maintenant, j'étais seule au monde. Qu'allais-je faire sans elle ? Mes pensées faisaient écho aux paroles de la femme de l'aubergiste : qu'allait-il advenir de moi ? J'ai enfoui mon visage dans le traversin de plumes, et j'ai serré très fort la couverture de laine et le doux tissu blanc. Je les ai ramenés autour de ma tête pour étouffer le bruit de mes pleurs.

Je n'ai pas revu la dame qui m'avait conduite là avant le lendemain soir. Entre-temps, Annie s'est occupée de moi, m'a nourrie et m'a apporté de nouveaux vêtements : chemise, jupe, corsage et veste, un bonnet pour me couvrir les cheveux. En bon tissu. Pas du plus beau, mais meilleur que celui auquel j'étais habituée. Des couleurs sombres, unies. Des couleurs tristes. Des couleurs puritaines. J'aurais dû deviner le sort qui m'était réservé.

Ma fenêtre ouvrait largement sur la cour. J'ai tourné la chaise et suis restée assise là, dans mes nouveaux habits, à regarder dehors. On m'avait dit de ne pas quitter ma chambre, épier était donc ma seule distraction. Juste au moment où le jour baissait, j'ai vu son carrosse entrer dans la cour. Elle est descendue, mais a demandé au cocher d'attendre. Un garçon d'écurie est venu nourrir et abreuver les chevaux, sans les sortir de l'attelage. Nous allions poursuivre notre voyage ensemble, du moins est-ce ce que je me suis dit.

« La parfaite petite puritaine, a-t-elle dit en entrant. Laisse-moi te regarder. »

Elle est venue jusqu'à moi près de la fenêtre.

« Tu feras assez bien l'affaire. Du moins, tu as l'apparence du rôle.

– Quel rôle ? »

Je l'ai regardée, et, comparant mes vêtements ordinaires à ses atours, j'ai compris tout d'un coup que je ne partirais pas avec elle.

Elle a pris place sur une chaise en face de moi.

« Nous vivons des temps difficiles. Cromwell[1], le lord qui nous protégeait, est mort. Son fils ne gouvernera pas très longtemps. Charles rentrera d'exil et nous aurons de nouveau un roi. Le peuple le réclame déjà, et beaucoup complotent pour le faire venir. Qui sait, alors, ce qui se passera ? »

Je m'efforçais de lire sur son visage, à travers la voilette, quel rapport tout cela pouvait bien avoir avec moi.

« Il y a des gens qui ne veulent plus rester ici, dans ce pays. Les puritains[2], les séparatistes, ceux qui ont peur

---

1. La guerre civile (1642-1646) opposa l'armée du roi Charles Ier à celle du parlement, dirigée par un puritain fanatique, Oliver Cromwell, qui s'illustra sur le champ de bataille, puis en politique. Après l'exécution du roi, il exerça le pouvoir avec le titre de « Protecteur ». À sa mort, son fils lui succéda brièvement jusqu'au retour de Charles II (1660).
2. Groupes de protestants particulièrement austères qui, à la fin du XVIe siècle voulurent réformer l'Église d'Angleterre. Finalement, ils s'en séparèrent.

qu'on ne les laisse plus pratiquer leur foi. Ils partent vers une nouvelle vie. En Amérique. »

Puritains. Séparatistes. J'ai regardé mes nouveaux habits.

« Et je dois me joindre à eux ? »

Elle a hoché la tête.

« *L'Amérique !* »

Je n'aurais pas été plus étonnée si elle m'avait annoncé que j'étais en partance pour le royaume des fées. En fait, cela m'aurait semblé plus réel. Je l'avais assez souvent visité grâce aux récits de ma grand-mère. Mais un nouveau monde, de l'autre côté de l'océan ? J'en avais entendu parler. Je savais qu'un tel endroit existait, mais jamais je n'aurais pensé m'y rendre et je n'imaginais pas un instant à quoi il pouvait bien ressembler.

« Oui, en Amérique. Ils prennent la mer bientôt. Tu partiras les retrouver à Southampton.

– Mais pourquoi ?

– Tu n'es pas en sécurité, ici. Mon mari était dans l'armée de Cromwell. Certains d'entre eux ont servi sous ses ordres. Ce sont de bonnes gens, ils prendront soin de toi.

– Que vais-je leur dire ? Qui suis-je censée être ? »

Je me suis mordu la lèvre. Ils allaient forcément être curieux et les puritains n'aiment pas les sorcières. L'entreprise paraissait dangereuse.

« Tu es Mary Newbury. Une orpheline. Père soldat, tué à la bataille de Worcester, dans l'armée de Cromwell. Ta mère est morte de dépérissement. Ta grand-mère est trop faible pour s'occuper de toi.

– D'où dois-je prétendre venir ?
– Ta mère est tombée malade en cours de route. Ta grand-mère vivait dans un petit village, guère plus qu'un hameau, près de Warwick. Près de l'endroit où elle habitait réellement, mais pas trop. Tu n'es restée que peu de temps avec ta grand-mère. Voilà l'histoire que tu raconteras. Mais je doute que l'on t'interroge beaucoup. Ils quittent le pays et ils ont leurs propres soucis. Tu devrais te glisser parmi eux sans trop te faire remarquer. Je vais te donner une lettre d'introduction. Donne-la à John Rivers, avec l'argent de ton passage.
– Mais pourquoi dois-je aller avec eux ? Ne puis-je pas rester avec vous ? »
Elle a secoué la tête.
« Impossible.
– Pourquoi ?
– Je ne suis pas en sécurité moi-même. »
Je ne la croyais pas. À mes yeux, elle était intouchable.
« C'est vrai, je te l'assure. Mon mari a apposé son nom sur l'arrêt de mort du vieux roi. Tous ceux qui ont signé seront arrêtés dès le retour du nouveau roi. »
Elle a poussé un soupir. Quand elle s'est remise à parler, sa voix était calme mais amère.
« Il aurait aussi bien pu signer son propre arrêt de mort. »
Je ne savais que dire. Son mari devait être un homme très important pour être impliqué dans des affaires d'État aussi élevées. Cela la grandissait encore à mes yeux. Mais ce n'était pas la seule raison de mon silence. Ma grand-mère n'était pas royaliste. Pendant la guerre, elle avait été pour le

Parlement. Mais elle avait considéré comme un terrible péché le meurtre d'un roi sacré. Que cette femme soit mariée à quelqu'un qui avait de *ce* sang-là sur les mains m'emplissait de terreur.

« Dans ce cas, pourquoi ne vous enfuyez-vous pas vous-même en Amérique ? »

Elle a de nouveau secoué la tête.

« Cela n'est pas possible. Mon mari ne partira pas, il y verrait de la lâcheté, et je dois rester à ses côtés. De toute façon, il ne serait pas en sécurité là-bas. Il ne sera à l'abri nulle part, une fois Charles sur le trône. Il va bientôt falloir partir, a-t-elle ajouté, revenant brusquement aux questions pratiques. Rassemble tes affaires. »

J'ai regardé autour de moi, désemparée. J'avais sur moi tout ce que je possédais. Elle a paru s'en souvenir.

« Ton coffre est déjà chargé. J'ai essayé de prévoir tes besoins. »

Elle m'a tendu une bourse.

« Voilà l'argent de ton voyage et pour ce que tu pourrais vouloir acheter d'autre. Il y a des gens malhonnêtes partout, aussi garde-le près de toi et surveille-le bien. John Rivers et son groupe attendent d'embarquer dans une auberge de Southampton. Le charretier sait où. Il va t'y emmener. Donne cela à Rivers dès que tu arriveras. »

Elle m'a lancé la lettre et a vivement fait demi-tour, comme pour partir.

« Attendez ! Attendez, madame ! »

Je l'ai attrapée par la manche pour la retenir.

« Il y a des choses que je dois savoir.
– Eh bien ? »
Sa voix demeurait froide et formelle. Les questions me brûlaient la gorge, mais je n'ai pas abandonné. Je n'allais pas la laisser partir. Pas avant de savoir.
« Pourquoi ? ai-je finalement demandé. Pourquoi moi ?
– J'ai une grande dette envers Eliza Nuttall, la femme que tu appelles grand-mère. Elle était ma nourrice. Enfant, j'avais une grande affection pour elle. J'ai été aussi proche d'elle que tu l'es. Que tu l'étais, corrigea-t-elle. Par la suite, elle m'a secourue, en une période de difficultés, quand personne d'autre ne le pouvait. Elle m'a rendu un service et c'est maintenant mon tour. Au fil des ans, j'ai essayé de l'aider, de m'assurer qu'elle vivait confortablement. »

Comment Eliza Nuttall pouvait-elle en effet vivre si bien, sans homme pour la soutenir ? Cela avait longtemps suscité les soupçons.

« Mais mon mari est un soldat et, depuis peu, un politique. Le suivre m'a éloignée. Je suis venue quand j'ai appris qu'elle avait des problèmes, mais il était trop tard, trop tard pour empêcher… »

Elle s'arrêta un moment, pour se reprendre.

« La seule façon de la remercier maintenant, c'est à travers toi. Fais vite, il n'y a pas de temps à perdre. »

Elle est venue vers moi et a relevé sa voilette. Elle m'a prise dans ses bras pour la plus brève des étreintes. Elle avait une odeur de fleurs. Un instant, j'ai respiré le parfum entêtant des roses, puis elle m'a lâchée.

« Tiens. Prends cela en souvenir et comme porte-bonheur. »
Elle a enlevé une de ses bagues. Une pierre violette, plate, au centre de laquelle était gravée l'initiale E. Mes doigts se sont refermés sur le bijou. L'or pesait dans ma main.
Je l'ai regardée dans les yeux, et j'ai vu mon propre regard qui me fixait, la même teinte particulière, gris pâle, tacheté de jaune, cerclé de noir. Maintenant, je comprenais la nature de sa dette. Elle avait pesé sur sa conscience pendant quatorze ans. J'ai regardé ma mère dans les yeux et j'ai su que je ne la reverrais jamais.

Le charretier m'a soulevée comme si j'étais aussi légère qu'une plume. C'était un homme costaud, courbé, avec de très longs bras. Enveloppé dans plusieurs couches de vêtements, il portait un grand chapeau noir, sans forme et graisseux, ramené bas sur le front. Il m'a posée sur la petite banquette au-dessus des chevaux, et a sauté à côté de moi avec une agilité surprenante. Les chevaux tiraient sur les brancards, impatients de partir. Les lourds animaux faisaient claquer leurs gros sabots, s'ébrouaient et piaffaient, leur haleine flottant comme de la fumée. J'ai resserré mon manteau autour de moi, contente qu'il soit en laine épaisse et de bonne qualité, par ce temps glacial.
Le charretier a reniflé l'air et marmonné : « Du givre, ce soir, tu verras si y en a pas. » Il a noué son écharpe et

fouetté les chevaux ; leurs sabots ont résonné dans la cour de l'auberge puis sur les pavés de la rue.

Bientôt les pavés ont pris fin et les larges roues ont cahoté dans les ornières de la route qui menait au sud. Je n'ai pas dit grand-chose au charretier, et lui moins encore. Je me sentais petite à côté de lui, et seule, emplie de doutes et d'incertitude. Je ne voyais pas de fin au voyage qui commençait.

J'avais dû m'endormir car, en ouvrant les yeux, j'ai vu que nous étions en train de traverser une vaste plaine ouverte.

« Ce que tu vois là, c'est les tours de Merlin, c'est bien elles. »

Le charretier agitait son fouet vers d'énormes pierres, à peine visibles, sur notre droite, qui s'élevaient dans l'herbe coupée ras. Je les fixai, figée. Ce devait être le grand temple des Vents. Ma grand-mère m'en avait parlé. Un cercle de pierre beaucoup, beaucoup plus grand que tout autre, construit loin au sud de chez nous. Ces endroits sont sacrés pour ceux qui pratiquent l'Ancienne Religion. À certains moments de l'année, ma grand-mère se rendait dans un lieu semblable, auprès des pierres situées à une journée de chez nous. Elle ne me racontait jamais ce qui s'y passait, ni qui s'y rassemblait, et je me gardais bien de l'interroger. De mystérieux rituels y étaient pratiqués, ceux qui les célébraient ne se connaissaient qu'entre eux.

Bientôt, les grandes pierres s'évanouirent et l'obscurité engloutit le paysage des deux côtés. Seule la route se déroulait comme un fil blanc à la clarté de la lune.

Au-delà, tout était noir.

***

Je n'avais jamais vu la mer, mais avant même que le charretier ne me secoue de son bras musclé, j'ai senti une différence dans l'air, l'humidité contre ma joue et l'odeur du sel et du poisson pourrissant. Puis j'ai entendu le cri des mouettes, comme un rire moqueur. Mes yeux se sont ouverts sur des bancs ondulant de brume blanche. Ils laissaient voir les mâts et les gréements de hauts bateaux. La charrette longeait le quai dans le fracas de ses roues ferrées, et, tout autour, on entendait le clapotis de l'eau, le craquement du bois, le grincement des navires l'un contre l'autre. Je me demandais lequel d'entre eux allait m'emmener en Amérique.

Les puritains se lèvent tôt. La première lueur du jour avait à peine percé, mais ils étaient déjà en train de déjeuner dans la salle caverneuse de l'auberge. Je me tenais à la porte, rechignant à entrer, écoutant le murmure des voix, le bruit des assiettes, de la mastication. Je ressentais tout le poids du moment. Dès qu'ils me remarqueraient, ma vie changerait entièrement. J'aurais voulu m'enfuir à toutes jambes, mais où ? Le charretier était déjà parti faire ses autres livraisons. Je n'avais pas un seul endroit au monde où aller.

Les enfants furent les premiers à me voir. Ils étaient sages et obéissants : ils mangeaient calmement, ne parlaient que lorsqu'on leur adressait la parole, mais leurs regards bougeaient tout le temps, d'un côté, de l'autre, à l'affût d'une occasion de se distraire. Une rangée de petits m'a regardée, puis ils se sont regardés entre eux. L'un d'eux a tiré par la manche une fille plus grande, plus âgée que moi, qui pouvait avoir dix-sept ans, sans doute leur sœur. À son tour, elle m'a fixée de ses grands yeux graves avant de s'essuyer les lèvres avec sa serviette et de toucher le bras de l'homme assis à côté d'elle.

« Père… »
L'homme a levé les yeux et m'a vue dans l'encadrement de la porte. Il a continué de mâcher soigneusement sa nourriture. Puis il l'a avalée et s'est levé. Il est venu vers moi. Il était plus grand que la moyenne, et sa chevelure châtain clair grisonnante lui arrivait aux épaules. J'ai supposé que c'était un fermier ; il avait le visage parcheminé par les travaux au grand air, des rides autour des yeux pour les avoir plissés par tous les temps, et la main qui serra la mienne avait la paume calleuse.

« Tu dois être Mary. Bienvenue, mon enfant. Nous t'attendions. »

Il a encore plus plissé les yeux en souriant et, comme il les baissait sur moi, j'ai vu un visage aimable malgré la dureté des traits et les rides.

« Merci, monsieur, ai-je répondu en esquissant ce que je savais d'une révérence. Et vous êtes ?

– John Rivers. »

Il parlait lentement, d'une voix profonde, en étirant les mots, avec un accent différent de celui d'où je venais.

« Alors, ceci est pour vous. »

Je lui ai tendu la lettre qui m'avait été donnée. Il l'a lue et a hoché la tête avant de la ranger dans son gilet.
« Est-ce que tu as faim ? Viens. Assieds-toi. Mange. »
Il m'a conduite à sa table. Les enfants ont glissé sur le banc pour me faire une place. Sa femme a pris du porridge dans un pot sur le feu, en se déplaçant avec précaution, comme si elle avait mal au dos. J'ai deviné qu'elle était grosse, de sept mois, peut-être plus, même si cela ne se voyait pas beaucoup sous la masse de ses vêtements. La fille qui m'avait vue la première a rempli un bock de bière puis s'est retournée pour aider sa mère. Je n'ai pas oublié de chuchoter une prière de reconnaissance, pour la nourriture, mais aussi pour ma propre délivrance.

Tout en mangeant, je sentais des regards curieux posés sur moi. J'observais entre mes cils. Aucun visage ne se détachait encore des autres. Ils m'apparaissaient aussi semblables que les grains du porridge en face de moi. J'ai compté une vingtaine de familles en tout. Des gens ordinaires, ni très riches, ni très pauvres. Un mélange de fermiers et de marchands, tous habillés dans les sobres vêtements sombres auxquels on reconnaît les puritains. Mais de quelle sorte, je n'en avais pas la moindre idée. Ils pouvaient appartenir à n'importe laquelle de ces innombrables sectes, chacune avec ses propres croyances. Cela n'irait pas si je disais ce qu'il ne fallait pas dire. Il me faudrait écouter avec attention et me conformer à ce que j'entendrais.

Ils se sont vite désintéressés de moi et se sont remis à manger et à parler entre eux. Je voyais la tension sur leurs visages, j'entendais le ton inquiet des voix qui murmuraient faiblement. Ces gens avaient souffert, comme le peuple partout, leur vie sans cesse prise dans la tourmente, la guerre, les mauvaises récoltes, les prix bas, l'absence de commerce, rien à vendre. La paix et la prospérité vont ensemble, c'est ce que ma grand-mère avait coutume de dire, et le pays n'avait connu ni l'une ni l'autre depuis trop longtemps. La plupart des gens supportaient le malheur, acceptaient leur sort, mais ceux-ci étaient différents. Déçus, sans illusion, doutant de ce que l'avenir leur réservait ici, l'amertume leur donnait la force de traverser un océan. Mais que se passerait-il ensuite ? Ils n'étaient pas moins inquiets que moi. Je voyais mes propres craintes reflétées tout autour de moi.

« On est toute seule, ma p'tite ? »

En me tournant, je vis une femme qui me souriait. Des mèches grises dépassaient de son bonnet. C'était une femme d'un certain âge, aussi ridée qu'une pomme en hiver, mais elle avait le regard brillant et aigu.

« Oh, ça, oui ! »

J'ai tenté d'esquisser un sourire, mais cette foule, toutes ces familles réunies m'avaient fait me sentir plus seule que jamais.

« Je m'appelle Mary.

– Et moi Martha, Martha Everdale. »

Elle m'a serré la main. Ses doigts étaient forts, sa paume durcie par le travail comme du chêne poli.

« Je suis seule, moi aussi. Mon mari est mort. Mes enfants avec lui. »

Elle a regardé au loin un moment, dans le passé peut-être, puis, revenant à moi, m'a examinée de près, la tête penchée de côté, comme si elle prenait une décision.

« Nous pourrions faire une bonne paire, je crois. Tu peux voyager avec moi. »

Le petit déjeuner fini, Martha m'a emmenée en haut, dans une vaste pièce où de nombreuses familles dormaient. Il y avait à peine assez d'espace pour se faufiler entre leurs affaires et leurs lits de fortune.

« Tu peux attacher tes affaires aux miennes. »

Des yeux, elle a fait le tour de la pièce.

« Nous venons tous plus ou moins du même endroit. Même ville, même église. Nous suivons notre pasteur, le révérend Johnson. Lui et d'autres membres de l'église qui sont partis depuis des années. Nous devions les suivre aussitôt, mais, avec la guerre, tout est devenu incertain. Nous attendions le bon moment, mais maintenant la volonté est de partir.

– La volonté ?

– De la congrégation. C'est important que nous soyons tous ensemble. Je pars retrouver mes sœurs. Elles sont tout ce qui me reste.

– Comment saurez-vous où les trouver ?

– Le Seigneur me guidera, j'ai confiance. »

Elle en parlait simplement, comme d'une vérité trop évidente pour être remise en cause.

« Maintenant, reprit-elle avec un sourire, dis-moi, Mary, d'où viens-tu ?

– Du comté de Warwick. Un petit village.

– Il ne te reste personne là-bas ? »
J'ai secoué la tête et baissé les yeux comme si j'allais éclater en sanglots. Je faisais attention de ne pas trop en dire, mais elle ne m'a pas questionnée sur ma famille, ni sur la façon dont j'étais arrivée là. Elle m'a juste pris le menton dans la main et a regardé mon visage. Ses yeux verts semblaient voir clair en moi. C'était comme si elle n'avait pas besoin de m'interroger. Elle savait déjà.

Elle a pris une boucle sur mon front et l'a glissée sous mon bonnet. Ses doigts sentaient le genièvre et me picotèrent les joues. Elle avait des mains de guérisseuse.

« Tu es avec une amie, maintenant. Tu n'auras plus rien à craindre. Jamais. »

Je l'ai suivie dans ses déplacements. Elle se rendait utile, parlait à l'un ou à l'autre, me présentait à la compagnie. Elle me permettait de me cacher derrière son bavardage. Moins j'en disais sur moi, mieux cela valait. Les mensonges ne s'enracinent pas dans l'esprit comme la vérité. Certains pensaient que j'étais une parente de Martha, une nièce ou une petite-fille. Nous les laissions penser ce que bon leur semblait.

Il n'était pas rare que des orphelins ou des orphelines soient emmenés en Amérique. Pas des nourrissons, ni des bébés, mais de solides garçons ou des jeunes filles presque femmes. La colonie avait besoin de bras et de dos résistants pour abattre les arbres et faire les travaux des champs, et de suffisamment d'épouses pour peupler la nouvelle terre. Il s'en trouverait d'autres comme moi, attachées à des familles, avec elles, mais n'en faisant pas partie. La position paraît malaisée, proche de celle d'une servante, sans être tout à fait cela. Dans l'ensemble, j'étais contente d'avoir trouvé Martha, ou plutôt qu'elle m'ait trouvée.

Dans nos allées et venues, je regardais les autres filles de mon âge, j'observais leur comportement, et la façon d'être une parfaite petite jeune fille puritaine. Rebecca Rivers, la fille qui m'avait vue la première, semblait un bon modèle, car elle était calme et aidait sa mère. Je remarquai que d'autres n'étaient pas aussi réservées. Elles ricanaient ensemble, faisaient du charme aux domestiques de l'auberge, et n'aidaient absolument personne.

Ce n'est qu'à la tombée de la nuit que je pus examiner le coffre qui m'avait accompagnée. Il n'était pas gros, mais joli, et mes initiales, MN, y étaient gravées. Mon cœur battait fort quand je l'ouvris, en me demandant ce que j'allais y trouver. La lettre que j'espérais était sur le dessus.

Mary,
J'espère que le coffre te plaît et que tu feras bon usage de ce qu'il renferme. Il ne sert à rien de souhaiter ce qui ne devait pas être. Le sort nous a séparées et s'est acharné à nous maintenir ainsi. Tu es à jamais dans mes pensées, sache-le bien, et tu ne seras pas seule, où que tu ailles, même si tu penses le contraire. Je pourrais écrire plus longuement, remplir des pages, mais je n'en vois pas l'utilité.
Ne doute pas que je t'aime.
Adieu. Que Dieu soit avec toi et te protège.
E.

Les mains m'en tremblaient. Je suis restée assise un moment, fixant ces quelques lignes, comme si elles pouvaient révéler la femme que je ne connaîtrais jamais. Puis j'ai rangé la lettre. Rien ne sert de pleurer sur le lait renversé, comme aurait dit ma grand-mère.

Je me suis mise à examiner le contenu du coffre : des vêtements – plusieurs changes, du petit linge –, un coupon de bon tissu, du matériel de couture – des aiguilles, du fil, un dé en argent –, un couteau dans son étui, une assiette en étain, un autre couteau, une cuillère, une fourchette. Le strict nécessaire. Il avait peut-être été préparé par une domestique.

Au fond, il y avait de l'encre, une plume, et du papier plié en forme de cahier. Je m'en suis saisie, et j'ai tourné les pages dans l'espoir d'y lire les réponses aux questions qui me pesaient sur le cœur. Je l'ai remis en place, et ma déception s'est changée en colère. Si c'était une plaisanterie, elle n'était pas drôle du tout. Toutes les pages étaient blanches.

J'utiliserais l'encre et la plume pour commencer à tenir mon journal. Beaucoup de gens en écrivent un, afin de consigner le début de leur grande aventure. Je décidai de faire de même. Car je me sentais vraiment seule, extrêmement seule, quoi qu'elle puisse dire.

***

Le bateau devait prendre la mer le matin de mon arrivée, mais la brume s'était installée avec la marée, provoquant un calme mortel. Elle n'a pas disparu de toute la journée, étouffant chaque chose comme une grande toison. Les hommes descendent au dock et les femmes jettent un coup d'œil dans la rue. Les navires peuvent être confinés une semaine ou plus, par ce calme, ou être bloqués au port par des vents contraires. Heure après heure, l'anxiété croît. Les puritains sont des gens très prudents et chaque shilling dépensé ici est un de moins pour la terre nouvelle.

Le soir arrive et le brouillard est toujours aussi épais. Le capitaine du vaisseau, le visage bien en chair aussi long qu'un violon, est venu à l'auberge pour un entretien morose avec les aînés de l'église. Ils ont tendance à dire qu'il n'y a rien à faire, qu'il faut s'en remettre à la Providence – à la volonté de Dieu, mais ils ont déclaré que demain serait un jour de contrition solennelle, de prêche, de prières et de jeûne. Le capitaine s'en va, plus sombre que jamais, jurant dans sa barbe, et se demandant à quoi diable cela pourra bien servir.

Ce matin, le petit déjeuner a été remplacé par des prières, conduites par un homme que je n'avais pas encore vu. Il est jeune, pour un prédicateur, moins de trente ans, grand et très maigre. Il porte un chapeau arrondi d'où pendent des cheveux grisâtres, parsemés de quelques mèches jaunes, tout raides. Les insignes à son cou le proclament pasteur ordonné et il est traité avec déférence par les aînés.

Dans un murmure, j'ai demandé à Martha qui il était. « Elias Cornwell. Le neveu du révérend Johnson. Y a pas longtemps qu'il est avec nous. Il vient de Cambridge. »

Il est jeune mais se tient le dos voûté comme un vieil homme. L'attitude d'un érudit, selon Martha. Ses vêtements noirs lui sont trop larges et ses poignets osseux saillent de ses manches comme si son manteau était trop court pour lui. Ses longues mains pâles flottent au-dessus des pages de la Bible comme une araignée, les doigts couverts d'encre, de l'ongle à la jointure. Il a pris place, regardé les têtes inclinées devant lui et s'est apprêté à parler.

Il me fait penser à un furet. Il a le visage aussi blanc que neige, des traits pincés qui se rassemblent en un nez fin et pointu, au bout rouge et carré. Je m'attendais à tout moment à voir son nez se tordre.

Il a ôté son chapeau et jeté sur nous un regard pâle, ses yeux rencontrant les miens avant que j'aie pu les baisser. Son front haut, aplati, s'est froncé et j'ai cru voir ce nez sensible se tordre comme s'il avait flairé une intruse. Je me suis empressée d'étudier le bois brut du plancher sous mes pieds.

Il a marqué une page de la Bible mais ne l'a pas lue. Il avait appris par cœur le texte qu'il avait choisi. Je fus surprise en entendant sa voix. Elle était profonde et pleine, dans ce corps frêle, elle remplissait la petite salle.

« Nous sommes le peuple élu de Dieu. Son but pour nous est clair. "J'ai assigné à mon peuple Israël une résidence où je l'ai implanté, et où il se maintiendra et ne sera plus inquiété ; et les infidèles ne le molesteront plus comme précédemment..."»

Il citait le Deuxième Livre de Samuel. Grand-mère s'était assurée que je sois versée en questions bibliques. Sa voix résonnait par-dessus la congrégation. Les têtes opinaient légèrement en réponse à ses mots, les épaules et les dos se balançant souplement au rythme du prêche. Il parlait d'une croyance que tous partagaient.

« Si nous avons transgressé, si nous nous sommes écartés d'une manière quelconque du chemin de Dieu, nous devons implorer son pardon. Nous devons prier... »

J'ai écouté un moment. Son éloquence m'inspirait beaucoup d'admiration, mais, l'horloge tournant, j'ai senti que mon attention, peu à peu, se relâchait. J'étais dans mes propres pensées, essayant constamment de chasser de mon esprit la position inconfortable et douloureuse de mes jambes, si longtemps debout sur le sol dur. Mais je suis habituée aux prêches et aux prières interminables, et bien exercée à simuler la dévotion.

Ma grand-mère allait toujours à l'église. Elle prenait le chemin menant de notre maison dans les bois au village, par tous les temps, et ne manquait jamais de m'emmener avec elle. Elle ne croyait pas un seul mot de ce qui s'y disait, et il fallait faire une lieue et demie à pied pour y aller et autant pour revenir. Elle y allait tous les dimanches, même après que le vicaire eut été renvoyé, ses habits brûlés, les statues des saints et de la Vierge frappées à coups de maillet, les vitraux brisés, l'autel enlevé et remplacé par une simple table. Elle y allait, malgré les chuchotements malveillants autour de nous, les murmures de haine qui nous suivaient à la trace. Elle ne manquait jamais l'office, même après avoir eu la joue lacérée, transpercée par une aiguille d'acier pour briser son pouvoir de sorcière. Elle n'avait même pas flanché, elle était restée debout, tête baissée, tandis que son sang gouttait, tachant les dalles de pierre usées du sol.

« Mary ! Mary ! »

Une main me secouait.

« Nos prières sont finies. »

C'était Martha. J'ai regardé autour de moi comme si je me réveillais. Même les plus dévots bougeaient et s'étiraient. J'ai voulu faire un mouvement moi aussi, mais ma tête tanguait et j'ai légèrement trébuché. Martha m'a serrée plus fort. J'ai vu les yeux pâles du pasteur se rétrécir. Un moment, j'ai eu peur qu'il m'ait percée à jour, deviné ma vraie nature, mais ensuite sa bouche, aussi fine qu'une lame de rasoir, s'est fendue en signe d'approbation. J'ai baissé les yeux. Il avait pris mon extase pour un excès de dévotion. J'ai pu reprendre mon souffle.

La Traversée

Nos prières sont exaucées. La brume a disparu, déchirée par un vent frais soufflant régulièrement de l'est. Je me joins aux remerciements, avec autant de ferveur que les autres. On s'ennuie à s'attarder ici. Je veux partir.

Nous avons quitté l'auberge et nous sommes rendus à la tour trapue qui marque la porte ouest de la ville. Les navires y sont à l'ancre au bord du quai ; au-delà s'étend la mer. Nous sommes passés sous l'arche massive un par un, par deux ou en petits groupes, portant bébés et bagages, charriant des amas de couvertures et d'ustensiles de cuisine. Nous nous sommes frayé un chemin parmi les ordures et les flaques, en essayant de ne rien laisser tomber, espérant avoir tout ce dont nous aurions besoin, les parents criant à leurs enfants de ne pas s'échapper, de ne pas se perdre. Chacun, pris dans l'affairement du moment, a franchi apparemment sans pause ni hésitation ce qui est pourtant la porte de non-retour. Revenir sera impossible.

Je n'avais jamais vu de navire, jamais vu la mer avant la veille ou l'avant-veille. Les vaisseaux m'ont paru énormes. Notre navire, l'*Annabel*, semblait s'étirer sur presque toute la longueur d'une rue. Il sentait le goudron et le bois neuf. En mettant pied à bord, j'ai senti le subtil mouvement de balancement sous moi. Je me suis accrochée à un gros cordage qui craquait, tendu par les mâts et les espars là-haut, au-dessus de moi. Je n'étais plus sur la terre ferme.

Une fois tout le monde à bord et le bateau chargé, nous

avons été appelés en assemblée. Je me suis tenue avec les autres, tête baissée, fixant les planches de bois récurées à blanc et étroitement calfatées pour qu'il n'y ait aucune fissure entre elles. Elias Cornwell a conduit les prières tandis que le grand navire tirait sur ses cordes, comme impatient de partir. Toute la cargaison humaine était silencieuse. Le capitaine a cessé de crier et de donner des ordres. Lui et ses marins se tenaient tête nue, aussi solennels que des aînés, tandis que le pasteur appelait la bénédiction de Dieu sur nous et sur tous ceux «… qui sont descendus sur la mer dans des navires et qui travaillent sur les grandes eaux. Ceux-là ont vu les œuvres de l'Éternel et ses merveilles au fond de l'abîme».

Après nos prières, nous avons été envoyés en bas, dans la grande cabine. Ce sera notre logis. Elle semblait vaste de prime abord, s'étendant presque d'un bout à l'autre du bateau, mais elle s'est vite remplie jusqu'à ce que la place d'une personne n'excède plus la largeur d'un lit.

Les marins suaient et chantaient au-dessus de nous, hissant la voile et remontant la grande chaîne de fer de l'ancre. Nous nous sommes répartis en petits groupes, amassant et disposant nos affaires pour délimiter notre place.

« Entassés comme du bétail, ai-je fait remarquer comme nous installions nos ballots.

– Et cela risque de sentir fort. »

Martha m'a montré du doigt les seaux d'aisance dans un coin.

« Tiens, éparpille ceci sur ton couchage. Je l'ai cueilli dans mon jardin juste avant de partir. »

Elle a fouillé dans son paquetage et m'a tendu un bouquet d'herbes : lavande et romarin, frais et odorants, et de la reine-des-prés séchée d'une autre saison. Le parfum m'a ramenée droit au jardin de ma grand-mère et mes yeux se sont embués de larmes. Martha s'apprêtait à parler, mais sa voix fut couverte par un nouvel accès de cris au-dessus de nous. La lourde corde d'ancrage tombait avec un son sourd sur la coque du navire. Le mouvement a changé, de haut en bas avec de soudains élans. La grand-voile a claqué au moment où le vent s'y engouffrait et tout le navire a viré de bord, faisant tituber les gens. Nous étions en route.

Mars [?] 1659

Le beau temps et les vents favorables se sont maintenus. Les marins ont fait l'éloge du pasteur jusqu'à ce que nous passions la pointe de Cornouailles. Ils ont dit que ses prières avaient été efficaces. Mais la nuit, je rêvais de bénédictions d'un tout autre genre. Tout le long de la côte, je voyais des femmes sur les hauteurs, sur des avancées rocailleuses et des promontoires en saillie, qui guettaient notre passage. Certaines étaient debout, leurs longs cheveux défaits, les bras grands ouverts. D'autres, assises en équilibre sur des pierres, semblaient regarder du haut d'un trône. Je rêvais que j'étais assez proche pour voir leurs visages. Je savais qu'elles avaient été envoyées là par ma mère. On avait passé le mot de me protéger. Je suis sa fille et elle est une sorcière très puissante.

***

Trente-six pas de long, neuf de large. Voilà le pont principal. Quatorze pas de long, huit de large, c'est la grande cabine où nous vivons. C'est mon univers. J'avais trouvé le navire vaste en le voyant pour la première fois, mais plus nous avançons sur l'océan, plus il semble petit, réduit à la taille d'une coquille de noix, comme un petit bateau de conte de fées au beau milieu de la mer verte et profonde.

Le capitaine Reynolds loge dans une petite cabine nichée à l'arrière, sous le demi-pont. Les marins s'installent avec leurs affaires où ils peuvent. Il y a peu de cabines privées. D'autres passagers voyagent avec notre groupe. Nous sommes entassés comme des harengs dans un baril, et même du poisson salé sentirait meilleur. Le révérend Elias Cornwell est l'un des rares à avoir sa propre cabine. C'est un petit endroit, mais il est privé – un grand luxe comparé à notre sort. Il souffre tellement du mal de mer que les prières quotidiennes sont dirigées par l'un des aînés.

Il n'est pas le seul. Beaucoup d'autres sont malades aussi. Martha s'affaire parmi eux et je l'aide. Le révérend Cornwell n'a ni épouse ni parente, aussi il m'échoit souvent de veiller à ses besoins. Je ne m'en réjouis pas. Je connais un peu les herbes et la guérison, mais m'occuper des malades n'est pas un plaisir pour moi.

Sa cabine sent l'aigre, le vomi et le seau de toilette. Elle est équipée d'une petite fenêtre à volet coulissant que je suis prompte à ouvrir. Sous cette petite fenêtre, une tablette sert d'écritoire. Normalement, elle est à plat contre le mur, mais de temps en temps elle est relevée et couverte de papiers. Des livres sont disposés sur une étagère, ainsi que dans une malle ouverte au pied du lit. Des œuvres religieuses, pour la plupart, des commentaires de la Bible et des recueils de sermons. Certains sont en anglais, d'autres en latin.

J'étais en train de les examiner, à la recherche de quelque chose d'intéressant, quand j'ai entendu une voix venant du lit. J'ai sursauté, plus de surprise que par sentiment de culpabilité. Le révérend Cornwell faisait rarement cas de ma présence.

« Tu sais lire ?
– Oui, monsieur. L'anglais et un peu de latin. Et écrire.
– Qui t'a appris ?
– Ma grand-mère, monsieur. »

Il s'est hissé dans le lit pour mieux me regarder. Au-dessus de sa chemise de nuit, son visage était couleur de cendre, et ses rares cheveux collés sur son front.

« Et qui était-elle ? »

Son regard se faisait incisif. J'ai gardé un visage neutre, mais j'ai senti mon cœur battre dans ma gorge.

« Une simple campagnarde, monsieur.
– Et elle connaissait le latin ?
– Sa grand-mère le lui avait enseigné. »

Je n'ai pas ajouté que cette dernière avait étudié avec

les nonnes et que nous avions beaucoup de livres de leur bibliothèque sauvés des hommes du roi Henry[1].
« Comment t'appelles-tu ?
– Mary, monsieur.
– Apporte-moi de l'eau. »
Je suis allée remplir son gobelet.
« Tu connais la Bible ?
– Oui, monsieur. Elle m'a aussi appris cela. »
Il a hoché la tête puis l'a laissée retomber sur l'oreiller comme si tout effort lui était trop pénible.
« Tu écris bien ? Tu as une belle écriture ?
– Oui, monsieur. Relativement nette. Pourquoi me demandez-vous cela ?
– Il se pourrait que j'aie besoin de toi. Je veux dire pour tenir un livre de ce voyage.
– Vous parlez d'un journal intime ? »
Il m'a jeté un regard signifiant sans doute qu'il était bien loin de pensées aussi frivoles.
« Un journal. Un Livre des prodiges, un recueil des remarquables effets de la providence divine.
– Comme notre progression ? » ai-je demandé.
La vitesse du navire était excellente. Beaucoup y voyaient un signe que la bénédiction divine était déjà à l'œuvre. En ce moment même, j'entendais le chuintement des vagues contre la coque. Les grandes voiles craquaient

---

1. Henry VIII (1491-1547) met fin à l'allégeance à la papauté et établit l'Église d'Angleterre, persécutant, tour à tour, catholiques et protestants.

au-dessus de nous. Je me raidissais pour résister au roulis et au tangage tandis que le bateau montait et embardait au changement de vent. Il ne répondit pas. Il se contenta de fermer les yeux et de se rallonger, sa peau verdâtre luisante de sueur.

« Je souhaite consigner, chaque jour, notre traversée, dit-il finalement, mais je suis trop faible à présent ne serait-ce que pour tenir un crayon.

– Vous souhaiteriez que j'écrive pour vous ? »

Il a hoché la tête. Il ne pouvait plus parler. Pour toute réponse, il s'est efforcé de vomir dans le seau près de son lit.

***

Chaque jour, je suis appelée dans la cabine du révérend Cornwell, soit pour lui rapporter tout prodige qui aurait pu survenir, soit pour écrire sous sa dictée. Il n'y a eu *aucun* prodige, pas encore en tout cas. Le jour et la nuit rythment nos vies. Les journées se passent à cuisiner, soigner les malades, s'occuper des enfants, nettoyer notre partie du bateau. Le révérend Elias Cornwell n'y voit rien de prodigieux, et je note donc ses autres méditations. Elles sont nombreuses et détaillées, son esprit fourmille de pensées, il y en a autant que de mouches autour d'un tas de fumier. Sa cabine empeste une odeur aigre qui lui est particulière et il me tarde d'en partir. Mais je n'ai d'autre choix que de rester et écrire jusqu'à avoir mal à la tête d'ennui et les doigts noircis d'encre.

Quand je n'écris pas pour le révérend Cornwell, j'aide Martha. La vie à bord est éprouvante pour tous. Beaucoup de familles sont étroitement liées par mariage et elles occupent différentes zones du navire : les Symond, les Selway et les Pinney à l'avant, les Vane, les Vale et les Garner à l'arrière, les Rivers, les Dean et les Denning au milieu. Martha les connaît tous, mais je n'ai pas encore beaucoup fait connaissance, sauf avec Jonas et Tobias Morse qui sont installés à côté de nous. J'ai échangé des signes de tête et des sourires avec Rebecca Rivers mais, bien qu'elle parle facilement à Martha, elle semble m'éviter. Martha traite Sarah, la mère de Rebecca, contre le mal de mer. Beaucoup souffrent encore énormément. Martha est très occupée.

Elle est accompagnée de Jonas dans ses soins. C'est un apothicaire. Son fils, Tobias, et lui sont de confession puritaine mais n'appartiennent pas à notre groupe. Ils ont pris le bateau à Londres. Jonas est un petit homme amical, plein de vivacité, à la peau sombre, aux yeux noirs brillants sous des sourcils gris broussailleux. Ce qui lui reste de cheveux, autour de la calvitie, est gris. Il a des mouvements habiles et précis, et de petites mains blanches, pareilles à celle d'une femme. Il possède un coffre de conception ingénieuse, plein de petits tiroirs et placards qui contiennent toutes sortes de choses, des remèdes dans des flacons de verre et de céramique, bien empaquetés pour ne pas se casser. Ému par la souffrance de ceux qui sont en proie au mal de mer, il leur offre une décoction de sa fabrication dont il jure qu'elle soulagera leurs symptômes et les fera rapidement guérir. J'en ai parlé au révérend Cornwell, mais il a refusé tout remède. Sa maladie est une épreuve que Dieu lui impose, comme Il a éprouvé le prophète Job. Martha trouve cela stupide. Elle a le don de guérir et le reconnaît chez les autres. Elle pense que maître Morse et le contenu de ses petits tiroirs nous seront utiles. Pas seulement à bord, mais aussi en Amérique.

Le fils, Tobias, contraste grandement avec son père. Il a les yeux bleus et la peau claire, il est grand et large d'épaules. Âgé d'environ dix-neuf ans, il vient juste de finir son apprentissage de charpentier. Il parle calmement et peu. Tous deux partagent un intérêt pour les instruments mécaniques, mais là s'arrête la ressemblance entre père et fils.

Jonas a beaucoup voyagé. Il est allé jusqu'en Russie, où il a été au service du tsar, et en Italie où il dit avoir rencontré le grand Galilée. Il a beaucoup d'histoires en réserve. Selon Martha, il faut en prendre et en laisser, mais je ne vois aucune raison de ne pas le croire. Il a une longue-vue pour observer les étoiles et monte souvent son couchage sur le pont où il dort avec les marins. Il connaît la navigation et le maniement des instruments utilisés pour calculer notre route et il est l'un des quelques passagers autorisés à approcher le capitaine. Il se joint à lui pour le quart par les nuits tranquilles, à la lumière des étoiles. Ils arpentent le pont, les yeux au ciel, et Jonas fait remarquer divers changements dans les cieux. La nouvelle lune paraît beaucoup plus petite d'ici, et l'étoile polaire est beaucoup plus basse que vue d'Angleterre.

Avril [?] 1659

J'ai vu mon premier grand prodige.
J'étais sur le pont avec Jonas. J'y passe autant de temps que possible. La vie en bas est devenue impossible. Dans l'espace confiné, les jalousies, les rivalités et même les haines éclatent et grossissent à une vitesse étrange, aussi vite que les plantes éclosent dans une serre. Des querelles peuvent survenir à propos de tout et de n'importe quoi. Je ne sais pas ce qui m'a valu les regards de travers et les rires moqueurs de certaines filles. Non, je ne le sais pas.

Notre capitaine nous autorise à monter sur le pont dans la mesure où le temps le permet et où nous ne gênons pas le travail de l'équipage. Nous avons de la chance, à ce que disent les marins. Certains maîtres à bord laissent les passagers croupir dans la cale pendant toute la traversée, comme des esclaves emmenés d'Afrique. Je lui suis reconnaissante chaque fois que je quitte l'obscurité surpeuplée de la grande cabine avec sa puanteur de vomi et de seaux d'aisance, de cuisine rance, de laine humide et de corps pas lavés. Je suis contente de ne plus entendre le boucan des bébés qui braillent, des enfants qui crient, le bruit des prises de bec et des querelles, tout cela sur fond de vagues battant contre la coque.

Jonas et moi étions en train de regarder les marsouins qui nagent et plongent à côté du bateau. Mais ce n'est pas le grand prodige dont je veux parler. Ils nous accompagnent depuis des jours et cela n'a rien de particulièrement remarquable. Non, la chose que j'ai vue ne vit pas dans l'eau, mais dans l'air. Un énorme oiseau planant au-dessus de nous en cercles paresseux, remuant à peine les ailes, dansant avec le soleil, apparaissant et disparaissant comme par magie. Les marins l'ont montré du doigt, bouche bée, et je l'ai suivi du regard à en avoir mal aux yeux. D'après les marins, c'est un oiseau du Sud, qu'on ne voit pratiquement jamais sous ces latitudes.

Jonas a cherché à en savoir plus. Il recueille beaucoup de renseignements sur toutes sortes de sujets. Ils lui ont dit que l'oiseau avait probablement été dévié de son cours par une grande tempête. Les marins sont très superstitieux, ils voient des signes partout. Ils ont discuté longuement pour savoir si c'était un bon ou un mauvais présage. Mais ils sont tombés d'accord sur une chose : quand Nathaniel Vale a pris son fusil et tiré sur le grand oiseau, dans l'idée de nous procurer de la viande fraîche, ce fut comme s'il avait visé le capitaine. Les marins ont bondi et lui ont arraché son arme. Ils ont levé au ciel des yeux emplis de crainte. Blesser pareil oiseau porterait vraiment malheur.

L'oiseau n'avait apparemment pas été touché, le coup était passé trop loin, mais il nous a laissés, décrivant un dernier grand arc et s'envolant par-delà l'étendue uniforme du vaste océan. Une de ses plumes est tombée. Une plume de ses grandes ailes, d'un blanc pur, à l'extrémité noire. Elle s'est accrochée dans le gréement au-dessus de moi.

Je m'en suis saisie rapidement, avant que quiconque ait pu le faire. Elle fera une excellente plume, meilleure que celle que j'ai déjà pour écrire ceci, mon journal. J'ai arraché les filaments du bout de la tige et façonné un bec. J'ai trouvé un endroit tranquille pour écrire. À l'abri du vent et de l'écume, il y fait sec ; on y range cordages, voiles et autre matériel de rechange, et il est peu fréquenté.

Le vent du sud qui a porté l'oiseau souffle fort et nous pousse vers le nord. Chaque jour l'air est plus froid. Maintenant, j'écris enveloppée dans une couverture. Je vois mon souffle devant moi et mes doigts s'engourdissent. La mer est d'un vert profond. Elle est étrangement calme, on dirait du verre. D'énormes fragments de glace brisée flottent autour de nous, brillant d'un éclat bleu et blanc sous le soleil. Certains morceaux sont petits, mais d'autres sont très grands, aussi gros que des îles. Les marins secouent la tête. Le vent et le courant nous entraînent trop au nord. Certains marmonnent des choses à propos du grand oiseau et sont pleins d'appréhension, face à ces îles flottantes.

La beauté de la glace est trompeuse. Une grande partie de la masse se trouve sous la surface et peut briser la coque du navire aussi sûrement qu'un roc. Jonas Morse a toujours l'œil ouvert pour les prodiges de la nature, et, bien que conscient du danger, il est enthousiasmé. Il a déjà vu cela, me dit-il, lors d'une traversée qui l'a mené au royaume de Moscovie. Je trouve les îles de glace belles, surtout tôt le matin et le soir, quand elles luisent et prennent des teintes de rose et de miel sous le soleil levant ou au couchant. Elles s'élèvent, pareilles à de grands rochers, ou aux falaises d'une terre de glace désolée. Leur base est sculptée et creusée de grottes et de galeries d'un bleu profond. Le navire a tellement ralenti qu'il est presque à l'arrêt. Les marins sondent les profondeurs et annoncent les mesures en brasses dans le silence glacial. Le capitaine parcourt le pont d'un bout à l'autre, en tirant sur sa barbe, les sourcils froncés. Il lui arrive d'envoyer, d'un ton sec, des ordres qui sont relayés par des cris aboyés et le sifflet du quartier-maître, tandis que le bateau glisse en rasant les falaises blanches qui surgissent, sortant à pic d'une mer d'encre.

Les îles de glace sont plus nombreuses, mais plus petites, de sorte que le navire a moins de mal à se frayer un chemin. Mais il fait froid, et de plus en plus. Le pont est glissant et les cordages seront bientôt pris par le givre. L'atmosphère est calme, d'un calme mystérieux. Il n'y a pas un souffle de vent. La glace alourdit les voiles qui pendent des mâts, dans l'attente de la moindre brise. Les passagers marmonnent, mais le capitaine affirme qu'il n'y a pas de raison de s'inquiéter, même si nous sommes plus au nord qu'il ne le voudrait. Il semble parfois que nous allons naviguer pour l'éternité sur ces eaux profondes et glaciales, que nous allons errer sur l'océan comme le grand oiseau que nous avons vu, sans plus jamais toucher terre.

Mai [?] 1659

Il y a neuf semaines que nous avons quitté Southampton. Le grand oiseau peut se nourrir de la mer, mais pas nous. Nous allons être rationnés. La pluie a été rare, de sorte que les réserves d'eau sont basses et prennent une teinte verdâtre dans les barils. Les passagers s'inquiètent car, quand nous atteindrons finalement la terre, la saison des semailles sera finie et il ne restera guère de temps pour construire maisons et abris avant l'hiver américain, parfois très rigoureux, d'après cc que tout le monde dit.

Le révérend Elias Cornwell a noté tout cela dans son journal. Il n'a plus besoin que j'écrive pour lui, mais je dois toujours lui faire mon rapport quotidien. Il garde sa cabine, où il passe son temps à prier et à méditer, en recherchant la signification divine de toutes les nouvelles que je lui apporte. Nous nous sommes écartés de notre route et nous sommes perdus dans un désert criblé de glace. Nous avons dû mal agir, pécher, et pécher gravement, pour nous attirer le mécontentement de Dieu. Si ce n'est pas le cas, alors il y a une sorcière à bord, un serviteur de Satan porteur d'une malédiction. Il se tourne vers moi et me fixe de ses yeux décolorés.

« Qu'en penses-tu Mary ? Cela ne se pourrait-il pas ? »

Mon sang se glace et je force mon cœur à rester calme.

« J'aurais cru… »

Je pèse mes mots, en essayant d'empêcher ma voix de trembler.

« J'aurais pensé que si le bateau sombrait, elle coulerait avec lui, comme n'importe qui d'autre…
– Pouah ! »
Il crache, découvrant ses grandes dents jaunes.
« C'est ce que tu penses, mais elles flottent ! Elles peuvent s'éloigner du bateau. Le diable prend soin des siens. »
Il me fixe à nouveau de son regard pâle.
« D'ailleurs, pourquoi dis-tu "elle" ? C'est peut-être un homme. Il se peut qu'un sorcier soit à bord avec nous. Je vais prier pour qu'il se découvre. En attendant, j'ordonne un jour de jeûne et de contrition. Nous devons implorer le pardon de Dieu. »
Je salue et le quitte. Le jeûne ne sera pas une épreuve. Quand on sort la viande des barils, elle est verte et puante ; le porridge est moisi et il n'épaissit plus ; aussi longtemps qu'on les fasse tremper, les pois restent durs comme des balles de fusil, et le biscuit de mer est charançonné.

Le jeûne et les prières doivent être suivis d'un office sur le pont. Une veillée de prières doit se poursuivre jusqu'à ce que nous soyons délivrés de nos problèmes actuels. Le capitaine a donné son accord pour la première requête : les passagers peuvent jeûner tant qu'ils le veulent, cela fera d'autant plus à manger pour son équipage et lui ; mais il ne veut pas autoriser la veillée ; il dit qu'un grand rassemblement fera obstruction au travail des marins. Son refus a été accueilli par de grandes protestations. Des bruits circulent même parmi ses hommes. Les craintes et les angoisses longtemps écartées, repoussées au fond des esprits, ont maintenant libre cours, et chez les marins aussi.

Toute la journée, l'inquiétude et l'insatisfaction se sont propagées, aussi vite qu'un feu dans du bois mort. Les plaintes sont passées de bouche en bouche, explosant çà et là comme des étincelles dans le vent. La veillée de prières a pris une telle importance que, soudain, tout en dépend : la réussite de la traversée, la survie du vaisseau, nos vies mêmes.

Au moment dit, Elias Cornwell a conduit son troupeau sur le pont. Les marins regardaient depuis le gréement ou appuyés aux rambardes du gaillard d'arrière. Le révérend Cornwell est allé au demi-pont qui est le domaine du capitaine. Par la petite échelle, il est monté jusqu'où le capitaine se tenait. D'abord, celui-ci n'a pas voulu se retourner. Sa silhouette trapue et puissante restait plantée là, jambes écartées, les mains serrées derrière le dos. Le jeune homme s'est approché, s'est posté à côté de lui, le dominant de sa haute taille. Le capitaine s'est retourné, a gratté son épaisse barbe grise frisée, clignant des yeux vers le ciel, comme s'il lisait quelque chose dans le soleil. Cornwell, rasé de frais et aussi pâle que du parchemin, l'a toisé, se préparant à faire son discours.

Elias Cornwell tenait son chapeau, qu'il faisait tourner entre ses fines mains blanches, mais il avait plus l'air de vouloir faire une déclaration qu'une requête. La réponse du capitaine n'a pas été immédiate. Il s'est éloigné jusqu'à la rambarde, les mains toujours derrière le dos, l'une tapant l'autre. Puis, tournant les talons, il est revenu. Tous avaient les yeux braqués sur lui, le révérend Cornwell, les passagers, l'équipage. Le capitaine a regardé chacun tour à tour. C'est son bateau. Sa parole y fait loi. Céder pouvait être perçu comme de la faiblesse. En revanche, le capitaine est un homme sage. Donner son accord ne lui coûterait rien ; refuser pourrait lui coûter son bateau.

Les passagers et l'équipage étaient si nombreux sur le pont principal qu'il était difficile de bouger sur le passavant. Elias Cornwell nous regardait du haut du demi-pont. À ses côtés, se tenaient les aînés, derrière, le capitaine et ses officiers. Le capitaine avait l'air mal à l'aise. Il répugnait à donner son accord et maudissait probablement le sort qui lui avait mis un religieux à bord.

Debout, les mains jointes, tête baissée, nous n'entendions plus, flottant au-dessus de nos têtes, que la voix grave d'Elias Cornwell faisant son prêche. Il en appelait à la Providence, demandait le pardon de Dieu, implorait notre délivrance, suppliait Dieu de nous envoyer un signe montrant qu'il nous reprenait dans Son sillage. Soudain, le flot de paroles s'est tari. J'ai ouvert les yeux et les ai levés prudemment, me demandant quelle pouvait être la raison de cette interruption. Cornwell se tenait la tête rejetée en arrière, la poitrine en avant, les bras grands ouverts. Il ressemblait à des gravures que j'avais vues représentant le Christ sur la mer de Galilée.

« Nous avons demandé un signe. Ce signe, maintenant, nous l'avons. Regardez, mes frères, regardez ! »

Je vis le signe dans ses yeux, et dans les yeux de ceux qui se trouvaient à ses côtés. Je me retournai et d'autres en firent autant.

« Les Lances de feu !
– Les Joyeux Danseurs !
– Les Lumières nordiques ! »

Chaque pays leur donne un nom différent. Pour moi, je n'aurais su leur en donner un. Pas plus que la fille à côté de moi. Ses yeux se sont élargis, on aurait dit des soucoupes, et elle a porté vivement la main à la bouche. La vision était nouvelle pour beaucoup d'autres. Les puritains ne s'agenouillent pas, mais beaucoup tombèrent à genoux, frappés de terreur et d'émerveillement. Tout autour de moi, des doigts se sont croisés comme pour repousser un mauvais sort, des mains ont fait un rapide signe de croix, des bouches ont murmuré des prières à la Vierge. Face à une telle étrangeté, beaucoup retombaient dans leurs anciennes croyances.

Des rayons colorés illuminaient le ciel, au nord, bondissant et flamboyant, déployant des nuances d'arc-en-ciel du méridien au zénith : du rouge sang au rose, du jaune safran à un rose délicat, du vert pâle à l'aigue-marine et à l'indigo le plus profond. De grandes bandes colorées, des voiles zébraient les cieux, montant et descendant comme lorsqu'on voit de la lumière à travers une cascade. Des flèches partaient en grands rayons mouvants comme si Dieu avait posé son pouce sur le soleil.

« Ne voyez-vous pas ? Mon peuple, mes frères, ne voyez-vous pas ? »

Elias Cornwell pleurait, et les couleurs miroitaient sur ses joues baignées de larmes. Là où *nous* voyions des lumières, *lui* voyait quelque chose d'entièrement différent. Il voyait la Cité céleste.

« Je la vois ! Je la vois clairement, elle est là, devant mes yeux ! »

Pris entre l'étouffement de stupeur et le rire d'émerveillement, la voix lui manquait.

« "Et son mur est de jaspe : c'est la cité d'or pur, comme de verre translucide". C'est ainsi qu'en parle saint Jean le divin ! Et c'est bien ainsi qu'elle est ! Toute baignée de lumière, avec des portes de perle et des murs resplendissants, grands et hauts ! Ses murs sont décorés de pierres précieuses, de jaspe et de saphir, de calcédoine, de topaze, de béryl et d'améthyste ! Et au-delà des murs, je vois les toits étincelants, les coupoles dorées et les flèches brillantes.

"... et un arc-en-ciel surmontait le trône, semblable à une émeraude... Et devant le trône s'étendait une mer de verre comme de cristal"... Je ne puis plus regarder ! »

Il a reculé, courbé, le bras levé pour se protéger les yeux comme s'il risquait réellement de devenir aveugle. Les lumières jetaient tous leurs feux et beaucoup se sont précipités sur un même côté du bateau, dans l'espoir de partager cette vision qui le possédait. Certains se sont écriés qu'ils voyaient eux aussi, d'autres encore avaient comme pris racine, dans une sorte d'extase, frissonnant et tremblant comme des Quakers.

Face à tout cela, le capitaine a pris peur. Une bonne

partie de ses passagers semblaient saisis d'une folie soudaine et ils étaient si nombreux à se précipiter sur un côté qu'ils menaçaient de faire chavirer le vaisseau. Il a donné l'ordre à ses marins de regagner leur poste et aux passagers de redescendre dans la cale. On aurait pu croire, un moment, que tous allaient l'ignorer, mais les marins ont bondi sur leurs pieds et les passagers qui n'avaient pas perdu leur sang-froid ont persuadé les autres de descendre avant que le capitaine n'utilise la force.

***

Il n'est plus question que de ce que nous avons vu et de ce que cela peut signifier.

Elias Cornwell a vu la Cité céleste, mais même pour ceux qui n'ont pas eu la grâce de partager sa vision, les lumières sont un présage clair : de guerre, de désastre, de fléau et de peste. Mais pour qui ? Pour Martha, l'interprétation est évidente : nous avons quitté un pays déchiré d'un bout à l'autre par la guerre, un pays où, chaque été, la peste menace toutes les régions, l'une après l'autre. C'est tout à fait évident.

Pour elle.

Pas pour moi.

Ma grand-mère m'a appris à lire les augures, et, pour moi, le signe n'est pas si clair. Les lumières traversaient le ciel entier, d'est en ouest et d'ouest en est. Où la mort et la destruction allaient-elles tomber ? Sur le monde que nous avions quitté, ou sur celui vers lequel nous naviguions ?

Jonas Morse ne croit guère aux présages, ni aux visions. Il a vu ces lumières bien des fois dans ses voyages. Il les appelle « aurores boréales », ces lumières du Nord bien connues des voyageurs et des gens de mer, ainsi que des habitants des pays nordiques, un phénomène céleste aussi naturel que le soleil, la lune et les étoiles.

Il ne tarde pas à donner son opinion aux autres, qui l'écoutent poliment, mais je vois à leurs regards qu'ils ne le croient pas. Il perd vite les amis qu'il avait pu se faire avec ses potions. Ils pensent que maître Morse réfléchit plus qu'il ne devrait le faire pour son propre bien ; et ils n'aiment pas non plus se retrouver dans la catégorie des naïfs et des crédules.

La conversation allait durer jusque dans la nuit mais, tout d'un coup, elle s'est arrêtée. Le vent s'était levé. Au-dessus de nous, la voile claquait, craquant comme un canon. Les pieds des marins tambourinaient sur le pont et l'air résonnait d'ordres. Le navire a pris de la gîte et a tourné. Et nous avons recommencé à entendre, sur le côté, le sifflement de la coque qui transperçait les vagues. Maître Morse a perdu son auditoire. Des voix se sont élevées tout autour de lui, exprimant leur gratitude pour cette délivrance. Ne sommes-nous pas les Élus ? Elias Cornwell n'a-t-il pas vu la destination promise ? Les mains se sont jointes en marque d'accord. Beaucoup prennent le vent pour le souffle même de Dieu.

Un vent trop fort est aussi mauvais qu'un vent trop faible. Sa puissance est telle qu'il hurle dans le gréement, on croirait entendre une chose vivante. Il a pris une force qui va bien au-delà de toute bénédiction divine. Nous escaladons des montagnes d'eau de mer, et redescendons dans des abîmes si profonds qu'ils semblent nous précipiter au fin fond de l'océan. L'*Annabel* fait des embardées et trépide, tandis que d'énormes vagues, l'une après l'autre, frappent sourdement l'étrave, faisant vibrer le navire sur toute sa longueur. L'eau glacée ruisselle par chaque craquelure et fissure. Au-dessus de nos têtes, les pieds des marins courent d'un côté à l'autre du pont, et leurs cris et leurs braillements se perdent dans le rugissement du vent. Les gens se serrent les uns contre les autres dans l'obscurité effrayante, tremblant de terreur et d'effroi, s'attendant à tout moment à être submergés et engloutis. Soulevés de bâbord à tribord, nous ne pouvons marcher, et tout ce qui n'est pas attaché est projeté en tous sens. Nous sommes tournés et retournés comme du beurre qu'on baratte, à la merci de la mer, aussi impuissants qu'une feuille dans un chenal.

Le monde entier tournoie et nous n'avons aucun moyen de savoir comment avance le navire, ni ce qui se passe en haut, sur le pont. Nous écoutons, l'oreille à l'affût de ce que font les marins, mais les écoutilles sont fermées et les voix qui nous parviennent d'en haut se perdent dans le hurlement du vent; ce n'est plus qu'une succession de cris aussi peu intelligibles que ceux des oiseaux de mer. La cabine résonne du craquement du bois et du bruit de l'eau qui s'écrase et cogne contre la paroi du navire. Au plus fort de la tempête, un silence des plus mystérieux s'est abattu sur nous. Même les enfants sont devenus sages et les bébés ont cessé de geindre. Un silence total, à l'exception d'une prière murmurée çà et là, de gémissements étouffés et de bruits de vomissements. La tension dans la cabine était lourde, dans l'attente de l'explosion et de l'inondation fatales, de la déchirure qui signifierait la fin pour nous.

Soudain, ce silence s'est déchiré comme un voile. Un cri de femme, suivi d'un sanglot. Puis un temps, et de nouveau un gémissement, et un autre. Une femme en travail. Même les enfants comprenaient ce qui se passait.

Rebecca Rivers est arrivée en nous faisant signe, trébuchant pour trouver son équilibre dans le tangage du bateau. C'est la fille qui m'avait vue la première, mais je n'avais pas eu beaucoup l'occasion de la fréquenter. Elle est de nature réservée, et a été très occupée à aider sa mère. Maîtresse Rivers souffrait cruellement du mal de mer et était proche de son terme, si bien que Rebecca devait prendre soin de la famille.

Elle s'est approchée de Martha, et a tendu la main vers elle.

« Le bébé arrive en avance, maîtresse, a-t-elle dit, sa main fine tremblant, ses grands yeux noisette dilatés et terrifiés. Ma mère a besoin de vous. Mon père demande si vous pouvez venir tout de suite.

– Mais bien sûr, ma petite. Laisse-moi juste le temps de prendre quelques petites choses. »

Martha s'est affairée, a pris ce dont elle avait besoin, et s'est retournée vers Rebecca aussitôt prête.

« Ne t'inquiète pas. Tout va bien se passer pour ta mère. »

La fille a jeté un regard sur le chaos qui faisait rage autour de nous. Elle a de beaux traits, presque ceux d'un garçon, dans un visage qui hésite entre beauté et laideur.

« Je l'espère, Martha. »

Elle a souri, ce qui la rendait plus belle.

« Bien sûr que ça va aller. Maintenant, nous avons besoin d'eau et de linge propre. Va demander ce qu'on peut te donner. »

Martha s'est tournée vers moi.

« Tu peux l'aider. »

J'ai suivi Rebecca, en demandant aux autres passagers, amis, voisins, de nous donner tout le linge qu'ils pouvaient. L'eau était trop précieuse pour laver les vêtements et chaque habit avait été porté pendant des semaines, mais la plupart des gens avaient mis quelque chose de côté, pour être propres quand ils quitteraient le bateau. Leurs croyances sont peut-être étroites, mais ils n'en sont pas moins généreux, prêts à donner. Connaissant la situation, ils n'ont pas hésité à offrir leur linge de rechange, des chemises et des jupons. Nous avons eu bientôt plus que nécessaire.

« Merci de ton aide. »

Rebecca m'a regardée par-dessus le linge entassé sur sa poitrine.

« Tout n'est pas encore fini. »
Martha m'appelait à ses côtés.
« Mes mains ne sont plus ce qu'elles étaient, surtout avec cette humidité et ce froid terrible. »
Elle a levé des doigts rougis et épais, aux articulations prises par les rhumatismes.
« Tu peux aider à l'accouchement. »
Rebecca a froncé ses larges sourcils.
« Tu en es capable ?
– Ma… ma grand-mère m'a appris. »
Quelque chose, chez cette grande fille si grave, m'a fait rougir et bégayer. Son regard droit exigeait l'honnêteté, et sans que ce que j'avais dit soit un mensonge, j'avais un goût étrange dans la bouche.
« Elle sait, Rebecca. Tu peux lui faire confiance.
– Je l'espère. »
Je l'espérais moi aussi. Ses yeux noisette étaient devenus aussi durs que de l'agate.
« Nous allons faire ce que nous pouvons, a dit Martha. Mais nous sommes tous entre les mains de Dieu.
– Et nous acceptons Sa volonté. »
Une voix d'homme a résonné derrière moi.
« En ceci comme en toute chose. N'est-ce pas, Rebecca ?
– Oui, père, a répondu Rebecca, mais l'expression de son regard n'a pas changé tandis qu'elle inclinait la tête.
– Je vais chercher l'eau.
– Ma femme est dans une mauvaise passe, maîtresse Everdale. »

Il a jeté un regard sur Martha.
« Faites ce que vous pouvez pour elle. »
Il tournait son grand chapeau entre ses mains.
« Est-ce que je peux aider en quoi que ce soit ? »
Martha a donné un coup d'œil alentour. La tempête faisait toujours rage et bien qu'il fasse jour, les écoutilles étant fermées, la cabine était presque aussi sombre que de nuit.
« Nous allons avoir besoin de quelque chose pour éclairer ces ténèbres, si nous voulons voir ce que nous faisons.
– Je vais chercher des lanternes. »
La lumière des bougies était faible, mais nous n'avions pas droit aux lampes à huile, considérées comme trop dangereuses. On ne pouvait pas non plus chauffer l'eau, pas dans une tempête pareille. À bord d'un bateau, l'eau n'est pas le seul élément à redouter.
John Rivers s'en alla vite, soulagé d'avoir quelque chose à faire.
Du regard, Martha a fait le tour de l'endroit où nous étions, approximativement au milieu de la cabine, entourées de gens de toutes parts. Elle a regardé sa patiente, allongée sur une paillasse. Sarah Rivers était mince au-dessus de la masse énorme de son ventre ; le visage gris, déjà épuisée, alors que le travail ne faisait que commencer.
« Père a pensé que vous pourriez avoir besoin d'un peu d'intimité. »
Tobias avançait vers nous sur le sol qui tanguait, de la démarche aisée, chaloupée, d'un marin. Il portait des couver-

tures sur l'épaule, et un sac de clous et un marteau pendaient à sa ceinture de cuir.

« Vous feriez bien d'être rapide. »

Martha s'est agenouillée auprès de maîtresse Rivers qui bougeait maintenant, le visage crispé par la prochaine vague des douleurs d'enfantement.

« Mary, prends ceci… »

Tobias m'a tendu une couverture, et a sorti des clous.

J'ai levé le bras mais je n'étais pas assez grande.

« Donne-la-moi. »

J'ai senti des bras au-dessus de moi. Rebecca tenait la couverture que Tobias clouait. Elle était presque aussi grande que lui.

« Merci, monsieur…

– Tobias Morse. Heureux de pouvoir vous rendre service. Si je peux aider pour autre chose ?

– Vous pouvez l'aider à aller chercher de l'eau. »

Martha relevait les yeux de l'intérieur de la tente de fortune.

« Vite, maintenant. »

Elle m'a fait signe de venir.

« Mary, j'ai besoin de toi. »

Rebecca est restée au chevet de sa mère, lui baignant le visage, lui tenant la main, murmurant des paroles de réconfort et d'encouragement. La naissance a été difficile, un long et dur combat dans la semi-obscurité fétide de cette petite tente. La tempête faisait toujours rage, mais nous ne l'entendions ni ne la sentions plus. Nous nous balancions au rythme

du bateau, en nous battant pour donner naissance à l'enfant et sauver la mère. Elle était très faible, ayant peu mangé depuis des semaines. Le bébé pouvait tout de même être en bonne santé, toutes ses forces étant sans doute allées à l'enfant, mais il ne se présentait pas dans une bonne position.
« Je le vois. Je le vois ! Doucement, doucement, doucement ! Oui ! C'est bien ! C'est bien ! »
Martha me criait des instructions et encourageait la mère. Ensemble, nous avons guidé le petit corps jusqu'en ce monde. Elle a coupé le cordon et donné à l'enfant une tape sur le derrière. Il n'y a pas eu de réaction.
« Prends le bébé, m'a-t-elle murmuré. Il faut que je m'occupe de la mère. Elle risque de perdre tout son sang et de mourir. »
Elle avait les bras glissants jusqu'aux coudes. Elle m'a tendu l'enfant, un corps nu strié de sang frais. Un garçon. De bonne taille et parfaitement formé. Il ne se débattait pas, il ne criait pas, il reposait simplement lourd et sans vie, tout mou dans mes bras. Des mèches de cheveux noirs lui collaient à la tête. Sa peau était gris perle, sous le sang de sa mère. Il avait les lèvres bleues, les paupières fermées, la peau veinée d'un violet pâle et fine comme du parchemin.
Son père a jeté un regard et s'est détourné. Relevant les yeux, j'ai rencontré ceux, brûlants, de Rebecca. Elle tenait la main lâche de sa mère entre les siennes. Elle était sur le point de perdre mère et frère. Je me serais attendue à de l'angoisse, du chagrin, de l'effroi dans son regard. Au lieu de cela, je vis de la colère.

J'ai pensé à ce que ma grand-mère aurait fait lors de pareille naissance. J'ai ouvert la bouche du bébé et l'ai vidée, je lui ai aspiré le nez et j'ai recraché. Puis j'ai soufflé doucement dans la bouche du bébé, de légères bouffées d'air. J'ai regardé de nouveau ; il ne bougeait ni ne criait, mais j'ai cru voir sa peau rosir. Je me suis tournée vers l'endroit où Rebecca et Tobias avaient posé le seau de bois rempli d'eau, et j'y ai plongé l'enfant et l'ai éclaboussé. J'ai entendu Rebecca reprendre bruyamment son souffle. D'un pas, elle était arrivée à côté de moi, comme si j'essayais de noyer l'enfant.

« Trouve quelque chose pour l'envelopper. »

Le choc de l'immersion avait opéré. La peau du bébé est passée du gris au rose. Il a émis un petit cri, guère plus que le miaulement de protestation d'un chaton, mais il était vivant. J'ai pris le linge rêche et j'ai commencé à le frotter, à le frictionner pour le ramener à la vie. Puis je l'ai tendu à sa sœur.

Elle l'a enveloppé et tenu fermement. Elle a regardé son visage pendant un moment puis est revenue vers moi. Du doigt, elle m'a caressé la joue.

« Tu pleures. »

J'ai regardé autour de moi comme si je sortais d'un rêve. Tout le monde m'observait. Le silence régnait tout autour. Les marins avaient arrêté de crier, le bruit aigu du vent avait cessé. La tempête était finie. Le calme régnait.

***

L'enfant va être appelé Noé. Deux jours après sa naissance, deux petits oiseaux se sont posés sur notre bateau. L'un ressemblait à un pigeon, l'autre à un corbeau, mais en plus gros. Ils viennent de la terre. C'était un signe du Seigneur lui-même, à ce qu'a dit le révérend Cornwell. La congrégation a exprimé sa reconnaissance et John Rivers s'est alors décidé pour ce prénom.
Un vent fort souffle du nord-est. Le capitaine a donné l'ordre d'avancer toutes voiles dehors. Le navire progresse sans roulis ni tangage, à bonne allure. Nous nous attendons chaque jour à voir la terre.

Noé va bien, mais sa mère est toujours malade. Il est allaité par une autre mère qui nourrit encore son bébé. Martha a des herbes que j'apporte à Rebecca. Elle doit les préparer en infusion pour aider sa mère à guérir.

Mai-juin [?] 1659

Hier a retenti le cri de « Terre en vue ! » Il y a eu une telle précipitation sur le pont, puis sur un seul côté, que le bateau a failli chavirer. Un garçon, les cheveux blonds brillant au soleil, est descendu de son poste de vigie en se laissant glisser le long d'une corde. Il s'est balancé en direction du capitaine qui avait déjà détaché une pièce d'argent du grand mât. Le garçon a pris sa récompense et l'a fait miroiter au soleil. Il l'a enfoncée dans sa poche et a souri, découvrant des dents blanches éclatantes dans un visage hâlé.

Je suis restée avec la foule pour voir la terre. Elle forme une ligne sombre à l'horizon ; tout aussi bien, cela aurait pu être un banc de nuages, mais à mesure que le bateau approchait, on distinguait mieux de solides collines et des falaises rocheuses au pied desquelles roulaient des vagues blanches.

Nous sommes beaucoup plus au nord que nous ne le devrions, mais voir la terre, n'importe quelle terre, fait du bien après tant de jours passés sur l'océan désert. Elias Cornwell s'est avancé dans l'idée de conduire un office d'actions de grâce, mais, du gaillard d'arrière, le capitaine a élevé la voix.

« Vous voudrez bien débarrasser les ponts. Mes hommes ont du travail. Nous ne sommes pas encore rendus, monsieur le curé, et cette côte est celle du diable en personne. »

Elias Cornwell a ouvert la bouche pour protester, son pâle visage devenu cramoisi d'être ainsi renvoyé et appelé « curé », mais le capitaine s'est retourné, aboyant des ordres pour que l'on sonde les profondeurs et qu'on lance la chaloupe. À bord du navire, la parole du capitaine fait loi. Elias Cornwell a fait descendre ses ouailles. Il conduirait l'office dans la grande cabine.

Je ne les ai pas suivis. Estimant que ma présence n'était pas nécessaire, je suis restée à contempler la terre. La ligne brisée des falaises s'élevait, découpée et nue, en une ligne ininterrompue sur des milles et des milles. J'ai frissonné. Elle aurait dû me paraître accueillante, mais non. Je la trouvais désolée. Désolée et vide.

« Triste paysage, hein ? Après tant de jours en mer… »

Me retournant, je trouvai à côté de moi le garçon qui avait vu la terre le premier et avait gagné le shilling du capitaine.

« Le pays a l'air hostile. Inhospitalier.

– Ouais, c'est ça. Je n'aimerais pas avoir à accoster ici. La côte est traîtresse. Pas question de s'en approcher, ces rochers-là déchiquetteraient le fond du bateau. »

Il a cligné des yeux vers la côte.

« Et même si on abordait, on trouverait rien qu'une terre inculte, et on rencontrerait personne d'autre que des sauvages. »

Il s'est tourné vers moi.

« Tu es la fille qui a sauvé le bébé, n'est-ce pas ? On dit qu'il était mort et que tu l'as ramené à la vie par ton souffle.

– Je n'ai rien fait de tel, ai-je dit, prompte à dénier tout ce qui pourrait passer pour de la magie. Je n'ai fait que lui vider la bouche et le nez pour qu'il puisse respirer.

– Je ne voulais pas te vexer. C'est juste ce qu'on dit… »

Il a haussé les épaules et changé de sujet.

« Tu ne vas pas avec les autres ? »

D'un geste, il désigna le pont. À travers le plancher montaient les voix de l'assemblée exprimant sa reconnaissance par des prières.

« Non. Je préfère être ici, sur le pont.

– Je ne t'en blâme pas. »

Il a souri, découvrant ses dents blanches.

« Ça pue, en bas, hein ? Rien d'étonnant à ce que tu te plaises mieux ici. Je t'ai souvent vue, dès qu'il faisait beau.

– Je t'ai vu, moi aussi. C'est toi qui t'occupes des poules de Martha. »

Martha a amené ses poules, dans une cage, ainsi que son coq. Une femme qui a des poules ne sera jamais dans le besoin, c'est son idée ; mais c'était compter sans les marins qui les volaient pour leur marmite. Si la plupart de ses poules avaient survécu jusqu'à ce jour, c'était grâce à la surveillance de ce garçon. Cependant, elles étaient installées sur le pont et la récente tempête avait été une dure épreuve pour elles. Elles se serraient les unes contre les autres, toutes trempées, les yeux voilés et fixes, les plumes recouvertes d'une croûte de sel. Elles n'émettaient plus un son, pas le moindre gloussement. S'il y avait des créatures mourant d'envie d'être à terre, c'étaient bien elles ; quant au coq, on n'entendait même plus son « cocorico » !

« Je m'en occupe, pour sûr ! »

Il rit.

« Sans moi, il y a belle lurette qu'elles auraient toutes été avalées.

– Je n'aurais pas aimé être à la place du coupable, si Martha l'avait trouvé. Je m'appelle Mary. Mary Newbury. Martha et moi voyageons ensemble.

– Jack Gill. »

Il m'a tendu la main.

« À ton service. »

J'ai serré une paume dure et calleuse. En lui retournant la main, je lui ai trouvé la peau toute craquelée. L'eau salée avait pénétré et transformé les fissures et craquelures en plaies blanches, les empêchant de guérir.

« Je peux te donner du baume, pour ces plaies.

– Nous avons tous ça. C'est sans importance. »

Il a ôté sa main et examiné une fissure profonde entre le pouce et la paume. D'un bref signe de tête, il a désigné l'endroit d'où s'élevaient les chants à travers le plancher du pont.

« Martha n'est pas de ta famille ? »

J'ai secoué la tête.

« Ni aucun des autres ? »

J'ai de nouveau secoué la tête et levé les yeux vers lui, surprise.

« C'est bien ce que je pensais. »

Il s'est agrippé au cordage au-dessus de sa tête.

« Tu te tiens à part. Plus souvent seule qu'accompagnée.

– Ils ont eu la gentillesse de me prendre avec eux, de m'offrir une place, mais…

– Tu es orpheline ? »

J'ai acquiescé.

Je ne comptais pas la mère que j'avais perdue, à peine découverte.

« Moi aussi. »

Il s'est penché en avant, dans la nacelle que lui faisaient les cordages.

« Mes parents avaient embarqué pour la Virginie. Mon

père avait entendu dire qu'il y avait de l'argent à gagner en plantant du tabac, mais il a attrapé une mauvaise fièvre et il est mort, et maman avec lui. Après, j'ai dû me débrouiller tout seul.

– Tu n'as pas pensé à rentrer ?
– En Angleterre ? »
Il a secoué la tête.

« Personne ne m'y aurait accueilli. Je n'aurais été qu'une bouche de plus à nourrir. Je n'ai personne chez qui aller, là-bas, pas plus que toi, je parie. J'ai trouvé une place de mousse, et le bateau est mon chez-moi, maintenant. »

Se tenant au cordage, il s'est penché au-dessus de l'eau qui frappait les flancs du bateau.

« La mer... »
Son visage s'est éclairé d'un large sourire.

« La mer est ma vie. J'ai remonté et descendu cette côte en transportant du tabac, du sucre et du rhum de la Barbade, qu'on troque contre des fourrures et de la morue salée. Puis je suis allé en Angleterre et en France, à Madère et en Espagne. Il y a de plus en plus de commerce. Il y a de l'argent à faire. »

Je l'ai regardé et il a souri comme s'il lisait dans mes pensées.

« Même pour des gens comme moi. Je gagne bien, en portant des lettres et des paquets. Quand j'aurai assez, j'achèterai des parts dans une cargaison – fourrure, rhum ou tabac. On vendra ça à Londres et l'argent sera utilisé pour acheter du tissu, du fer, des outils, des ustensiles de cuisine et autres choses utiles. Vendre pour acheter de nouveau. Ça tourne comme ça. »

Les yeux brillants, il traçait un cercle en l'air, figurant le commerce.

« Et puis quand j'aurai gagné assez de cette manière, je... »

Sa voix fut presque noyée dans le tumulte soudain qui montait de sous nos pieds. Les passagers avaient entonné un psaume, sans le moindre instrument ; les voix étaient rudes, ferventes et fortes.

Cela fit rire Jack.

« Ils sont pieux, hein ? »

La voix de ténor d'Elias Cornwell couvrait celle des autres.

« Le capitaine déteste encore plus les prêtres que les sorcières. »

Il a regardé alentour et baissé la voix, comme pour me faire une confidence.

« Nous en avons une à bord.

– Comment le sais-tu ?

– Il s'est passé des choses étranges.

– Comme la tempête, tu veux dire ? Mais il y a forcément des tempêtes, en mer, non ?

– Je ne parle pas de ça, Mary. »

Il a secoué la tête.

« Je veux dire d'autres choses... Après la tempête, une grande lumière est tombée sur le mât. »

Il a jeté un regard au-dessus de nos têtes, où s'élevait le mât.

« Il était tout éclairé. Comme une grande bougie, mais la flamme ne donnait pas de chaleur. »
Il a tendu le bras.
« Pas assez pour roussir une manche. On a dit que c'était le feu Saint-Elme. Certains l'appellent le feu des sorcières. Ils disent que c'est l'esprit d'une sorcière. Et ce n'est pas tout. Il y en a qui racontent qu'il y a un lièvre à bord, ou un lapin...
– Un lapin ! Comment cela se pourrait-il ? »
Je me suis mise à rire.
« Comment a-t-il bondi à bord sans que personne le voie ? Et où vivrait-il ?
– C'est sérieux ! Ne ris pas ! Un lapin à bord porte vraiment malheur !
– Je n'y crois pas. »
J'ai secoué la tête en continuant à rire.
« C'est sûrement le chat du bateau. »
Celui-là, je l'avais vu lorgner les poules de Martha, un gros chat tigré à l'air mauvais, le museau couvert de cicatrices et les oreilles déchirées et écornées.
« Peut-être. »
Jack n'était pas convaincu.
« Mais certains disent que c'est une sorcière déguisée. Il y a des gars de Cornouailles et ils croient qu'il y a quelque chose ici. »
Il a froncé les sourcils.
« Ils le savent plus vite qu'une piqueuse de sorcières. Ils ont senti que nous étions surveillés de Plymouth à la pointe de la Cornouailles, et au-delà des Sorlingues. »

Ses paroles ont fait mouche. Je n'avais pas été la seule à sentir des yeux nous observer de la côte, mais j'étais la seule à savoir pour qui ils étaient là.

« Je n'ai rien entendu de pareil parmi les passagers. »

J'avais gardé une voix enjouée, cherchant à donner l'impression d'avoir le cœur léger, mais à la simple pensée de ces bavardages, j'étais glacée d'effroi. J'avais espéré échapper aux soupçons, sans penser qu'ils pourraient me suivre même à travers l'océan.

« Et tu n'en entendras pas parler. Les marins ont leurs propres superstitions, différentes de celles des gens qui vivent à terre. Ce qui est étrange pour nous ne l'est pas pour vous, comme, par exemple, une femme qui siffle, ou avoir un pasteur à bord. Les navires sont des endroits bizarres. Ce n'est pas seulement à cause du vent et du temps que les gens sont mécontents. La réaction du capitaine serait dure s'il tombait sur quelqu'un qui répand des rumeurs. Il le ferait fouetter. Et puis... »

Il a haussé les épaules.

« Ça va bien pour le moment. »

Agrippé au bloc de bois qui était au-dessus de sa tête, il a contemplé le lointain, la belle journée ; juste ce qu'il fallait de vent dans la grand-voile pour que le bateau cingle au-dessus de l'écume.

« C'est quand les choses ne vont plus que les gens cherchent quelqu'un à accuser. »

Je me trompais. Martha m'a raconté que la rumeur sur les événements étranges survenus pendant l'orage avait bel et bien atteint la grande cabine, et qu'on avait parlé de la présence à bord d'une créature sauvage d'une sorte ou d'une autre. Mais ce qu'avait dit Jack était juste. Les craintes vont et viennent, se soulèvent comme les vagues au-dessous de nous. Quand nous étions sur une mer trop calme, parmi les glaces, en un clin d'œil, l'idée de la sorcellerie avait surgi dans l'esprit du révérend Cornwell. Et qui sait quels bruits auraient couru si la tempête avait duré beaucoup plus longtemps. Mais, maintenant, le soleil brille et la terre est en vue. Des vents favorables vont nous amener au port sains et saufs. L'œil bienveillant de Dieu est posé sur nous. Nous jouissons de Sa providence. Je suis en sécurité. Pour le moment.

J'ai le *don*, personne ne peut en douter. Quoi que j'aie pu espérer, je ne peux pas échapper à mon destin. Ce qui s'est passé aujourd'hui encore l'a prouvé.

Il faisait beau et j'étais sur le pont, en train de parler avec Jack. Je ne cherche pas à être avec lui (que Martha en pense ce qu'elle veut), mais je n'évite pas non plus sa compagnie. Il n'avait pas beaucoup de travail et nous parlions de tout et de rien, quand soudain un cri a retenti, provenant du haut d'un mât. Quelqu'un est tombé par-dessus bord, voilà ce que j'ai pensé, car il y avait eu un bruit d'éclaboussure sur un côté du navire.

Jack a ri de me voir si inquiète et m'a prise par la main.

Il m'a guidée pour remonter le pont incliné en me disant : « Viens voir. »

D'abord, je n'ai rien vu d'autre qu'un grand remous dans l'eau. Puis j'ai distingué quelque chose de sombre, juste sous les vagues. C'était si vaste que ce ne pouvait être qu'une île. La forme massive semblait monter vers moi ; au bord, à l'avant, elle avait ce qui me semblait être des amas de petits coquillages. Me rappelant ce que Jack avait dit de cette côte traîtresse, je me suis éloignée du bastingage d'un bond, croyant à un rocher. Si nous le heurtions, nous étions perdus, à coup sûr.

Distincte de la masse de l'océan, de l'eau ruisselait le long de la surface bossue, noire et brillante et, soudain, il y eut un étrange sifflement de trompette, et de l'écume se mit à jaillir ; elle était si fine qu'elle laissait voir un arc-en-ciel. Cela a empesté le poisson et j'ai aperçu une grande bouche, fendue d'un éternel sourire grimaçant et cruel. Puis la créature a disparu aussi rapidement et mystérieusement qu'elle était apparue. Un Léviathan. Un grand poisson semblable à celui qui avale Jonas, dans la Bible. Il avait l'air assez gros pour tous nous avaler, bateau compris. Un autre grand prodige pour le registre d'Elias Cornwell.

« Elle ne nous fera pas de mal. »

La grande queue pagayait et Jack s'est penché pour voir la créature descendre dans les profondeurs couleur émeraude.

« Il n'y a rien à craindre. Regarde là-bas. Il y en a d'autres. »

À l'endroit qu'il me montrait du doigt, je ne rêvais pas :

de grandes fontaines jaillissaient d'autres énormes créatures. Malgré leur masse, elles bondissaient droit hors de l'eau, retombant dans une grande gerbe d'éclaboussures, avec un claquement de leur puissante queue incurvée.

« Je n'ai jamais vu de tels poissons !
– Ce ne sont pas des poissons. Ce sont des baleines. Elles ont le sang chaud. Elles n'ont pas de branchies. Elles respirent comme toi et moi par les trous qu'elles ont dans la tête.
– Je ne respire pas par un trou situé dans ma tête.
– Et ton nez ? Et ta bouche ? Qu'est-ce que c'est ? »
J'ai ri. Je ne les avais jamais considérés comme cela.
« Un jour, je veux les chasser. »
Il a mimé le geste de prendre un harpon et de le jeter par-dessus bord.
« Je veux avoir mon bateau à moi, et j'emploierai des hommes pour aller les chasser, car il y en a en abondance, par ici, et on peut faire fortune… »
Penché par-dessus le bastingage, il fixait les grandes créatures qui nageaient autour de nous. Peut-être était-ce le scintillement de la mer, mais dans ses yeux semblaient se refléter des pièces de monnaie.
Il faisait un chaud soleil et le navire était calme. On n'entendait que le claquement de la voile et le clapotement de la mer. J'avais, moi aussi, le regard perdu dans l'eau et la surface miroitante ressemblait précisément au bol dont ma grand-mère se servait pour dire l'avenir. Les gens venaient la consulter et elle préparait un bol d'eau claire. Elle en fixait le

fond et des visions lui venaient, sans qu'elle les appelle; certaines du passé, d'autres de ce qui allait advenir. Je n'avais jamais essayé de faire comme elle, même si elle était persuadée que j'avais le don de double vue. Cela ne m'était donc jamais arrivé auparavant.

Mais cette fois, pendant que je regardais l'eau, j'ai vu. Des scènes apparaissaient en désordre, sans chronologie. Un garçon, à peine plus qu'un enfant. Il est debout, devant la porte ouverte d'une rudimentaire masure de bois. Son visage est triste. Ses cheveux blonds, sales et hirsutes tombent sur ses yeux bleus vidés de toute joie. Il hésite un instant et jette un dernier coup d'œil au fond de la hutte sombre. Puis il se redresse et part sur le sentier poussiéreux, rouge. Il marche la tête baissée, il traverse des champs remplis de plantes étranges aux grandes feuilles tombantes, sans regarder ni d'un côté ni de l'autre. Les plantes sont plus hautes que lui et poussent en rangs ordonnés. Bien que je n'en aie jamais vu, je sais que c'est du tabac. À travers les feuilles luit un fleuve. Une barque étroite est attachée à un petit ponton. On dirait un jouet posé sur un miroir terni. Le garçon monte dans l'embarcation en jetant la corde qui la retenait, et l'eau emporte la barque, qu'elle fait tournoyer comme une brindille dans le courant.

L'image s'efface, et je vois maintenant un jeune homme. Il porte un manteau sombre, boutonné haut, à col de fourrure. Il est tête nue et ses cheveux clairs brillent sous le faible soleil d'hiver. Il est au bord d'un autre fleuve. L'eau est grise, lente, paresseuse et froide. Elle traverse une grande ville. Des bâtiments sont entassés jusque sur ses rives et ont envahi le pont qui l'enjambe. Il rit de ses dents éclatantes, et son souffle fait des volutes dans l'air. Il tient à la main une bourse gonflée d'or.

Je le vois plus vieux, barbu, vêtu de la veste bleue de capitaine. Il est debout à la proue d'un long bateau étroit. Des hommes rament, d'autres, tapis à l'avant, sont tous à l'arrêt comme des chiens de chasse, le visage tourné dans la même direction. Ils tiennent des armes à barbillon, dont la corde se déroule d'une longue hampe de bois. Derrière eux, un navire est à l'ancre, voiles repliées. Tout autour, d'autres bateaux labourent la mer agitée, à la chasse à la baleine.

Les eaux bouillonnent et écument. Une énorme tête effilée apparaît à la surface, bouche ouverte armée de dents. Des flancs gris de la créature pendent des harpons pareils à des aiguilles à repriser. Rendue furieuse, la grande baleine fouette de son immense queue et se retourne, pour se jeter sur ceux qui la torturent. Elle nage puissamment, soulevant des vagues aussi hautes que le ferait un navire toutes voiles dehors. Puis les vagues retombent et l'équipage regarde autour de lui, se demandant où a disparu sa proie. Elle refait surface juste au-dessous, comme si elle avait laissé une marque à cet endroit précis. Baleine et bateau disparaissent dans une mare d'eau écumante et de sang. Peu à peu, la mer se calme. Des morceaux de bois flottent à la surface mais il n'y a plus aucun signe des hommes.

« Qu'est-ce que c'est ? Qu'est-ce qui se passe ? Qu'est-ce que tu as ? Tu es malade ? »

J'étais de retour dans le présent, et la main de Jack était posée sur mon épaule ; une main calleuse et couverte de cicatrices, mais la main d'un jeune homme, brune et souple. J'ai secoué la tête.
« Rien. »
J'ai vu son passé. J'ai vu son avenir. Je sais comment il trouvera la mort et cette connaissance me pèse. Grand-mère disait qu'il ne faut jamais révéler à quelqu'un la façon dont il va mourir. Il n'y a rien à y faire, cela ne peut être évité. Ce qui doit être sera, mais le savoir trop tôt laisserait son empreinte sur la vie d'une personne, l'assombrirait, lui volerait la lumière.

Jack me regardait, de ses yeux bleus étincelants et intrigués. J'ai pensé qu'il allait demander à en savoir plus, car il est intelligent et a l'esprit vif, mais à ce moment précis, le capitaine s'est mis à crier :
« Hé ! Toi, là-bas ! Jack ! Je ne te paie pas à passer ton temps à parler aux filles ! Active-toi, ou ton dos va connaître le fouet ! »

Jack a bondi sur ses pieds, et m'a laissée seule ; j'en étais soulagée, car j'avais énormément besoin de réfléchir. Les visions m'étaient apparues d'elles-mêmes, comme cela arrivait à ma grand-mère, mais mon don ne vient pas d'elle. Il vient de ma mère. Et il est d'un autre ordre, il dépasse le pouvoir de ma grand-mère. J'en ai senti un poids sur mes épaules, comme celui d'une lourde pèlerine.

Des vents contraires font obstacle à notre progression, mais la présence de la terre à tribord maintient le bon moral de tous. La vie à bord est plus facile. La mer regorge de poisson. Et le capitaine a envoyé des chaloupes à terre pour rapporter de l'eau douce et ce que la nature sauvage peut nous offrir à manger.

Jonas Morse a concocté un onguent pour les mains de Jack et ses coupures sont en bonne voie de guérison. Il a été occupé par son service à bord, de sorte que je n'ai pas beaucoup eu l'occasion de lui parler, mais il sait où me trouver. Il vient au coffre des voiles où je me cache la journée pour écrire. C'est là que nous nous rencontrons et discutons ; pourtant il risque le fouet s'il est pris.

J'en dis peu sur moi-même, mais il parle pour nous deux. Il me raconte où il est allé et ce qu'il a vu. Je ne sais pas ce que je peux en croire ; les marins sont connus pour raconter des histoires. Il me parle aussi de ses projets et de ses rêves. Il me parle de Salem, notre port de destination, des belles maisons qu'on y construit, et de la qualité des quais où les navires déchargent leurs cargaisons. Un jour, dit-il, il construira de cette manière, mais en plus gros et en plus beau, et en pierre, pas en bois.

« Tu verras. »

Je ris parce que je n'en doute pas et, là, nous nous mettons à faire « comme si ». Il navigue et fait fortune, pendant que je l'attends chez moi ; il revient et il m'épouse. Il nous construit une belle maison et me rapporte de quoi la remplir : des meubles de Londres, de la soie et du velours de Paris, des bulbes de tulipe d'Amsterdam. Je ris et lui aussi ; nous savons que c'est notre imagination. Mais, parfois, je me retrouve en train de réfléchir, la nuit, en attendant le sommeil ; je fais des listes, je prévois les pièces de la maison, ce que je planterai dans le jardin, et je pense même à nos futurs enfants.

Puis j'arrête. J'ai vu l'avenir de Jack et je ne m'y suis pas vue. Même si nous étions faits l'un pour l'autre, même si nous étions destinés à être ensemble, je sais que j'attendrais toute ma vie le jour où il partirait en mer pour ne jamais me revenir. Je maudis mon don de voyance, ce n'est pas une bénédiction. Je voudrais n'avoir jamais rien vu.

« Où disparais-tu ? m'a demandé Martha aujourd'hui, tout en coupant une aiguillée de fil.

– Juste là-haut, sur le pont.

– Pas pour rejoindre encore ce gars, Jack, le marin ? Les coupures de sa main sont sûrement guéries, maintenant ?

– Non. »

Elle sait que je mens.

« Le révérend Cornwell a demandé après toi, dit-elle, les yeux baissés sur son ouvrage.

– Qu'est-ce qu'il veut ?

– Tu as une bonne écriture, à ce qu'il dit, et il veut que tu recommences à écrire pour lui. Fais attention, Mary, ajoute-t-elle, tout en pliant le tissu sur ses doigts usés. Les langues vont bon train.

– Qu'est-ce que j'ai fait ?

– Tu es une fille seule, et tu seras bientôt femme. Fais bien attention à ta conduite avec ce jeune marin.
– Nous sommes des amis ! Pourquoi…
– Et pas seulement avec lui. »
Des dents, Martha a coupé une nouvelle aiguillée de fil avant de commencer un autre travail de couture.
« Le révérend Cornwell…
– Quoi !
– Il ne cesse de demander après toi.
– Je suis son *scribe*. Sûr, personne ne pourrait penser… »
Je m'arrêtai net, atterrée, puis je me mis à rire.
« Chut ! »
Martha m'a jeté un regard d'avertissement puis elle a brièvement regardé autour d'elle. Dans la cabine surpeuplée, même la literie a des oreilles.
« Certains pourraient penser que c'est un bon parti, un très bon parti, pour une fille dans ta situation.
– Eh bien, *moi*, pas ! »
Je sentais la colère monter.
« Je… je pense que c'est… Oh ! Il est, il est… »
J'ai frémi et secoué la tête.
« Il ne saurait penser à moi. Je suis de trop basse condition. Tu dois te tromper.
– Peut-être. »
Martha a haussé les épaules.
« Je sais comment un homme regarde une jeune fille. Tiens, dit-elle, en sortant des morceaux de tissu de son sac à

ouvrage et en me tendant une aiguille et du fil. Tu peux continuer cela.
– Qu'est-ce que tu es en train de faire ?
– Je rassemble des morceaux de tissu pour faire une couverture en patchwork. »
Autrefois, Martha gagnait modestement sa vie comme mercière et couturière. Elle a emporté avec elle les restes de son stock.
« Les hivers sont rudes là-bas, à ce qu'on dit, et il n'y a rien de tel qu'une couverture en patchwork pour protéger du froid. Et ces morceaux de tissu ne peuvent plus servir à grand-chose. »
Elle a étalé les pièces pour que je les voie. De la laine et du lin sombres – couleur de terre, bruns et noirs, vert forêt et indigo.
« Tu peux les assembler. Tu couds bien, Mary, et ça t'empêchera de faire des bêtises. »
Elle a considéré mes doigts tachés d'encre d'un œil critique.
« C'est une occupation qui convient mieux à une femme que d'écrire. »
Elle a secoué la pièce de tissu à laquelle elle avait travaillé.
« Et, au rythme où vont les choses, peut-être devrait-on se mettre à préparer ton trousseau. »
Elle m'a adressé un clin d'œil, mais je n'y ai pas répondu. Je sais qu'elle plaisante à moitié, mais le mariage ! Je n'y avais pas pensé, si ce n'est en jouant à faire « comme si ». Je ne veux pas y penser autrement. Mais Martha est ma

seule protection, et je ne voudrais pas la contrarier. Aussi, je courbe la tête et passe les après-midi à coudre et à couper, comme une vraie jeune fille.

***

Notre longue traversée touche à sa fin. Nous avons pénétré une grande baie parsemée de nombreuses petites îles. À l'ouest, on découvre une ligne de collines élevées. Jack me désigne du doigt les bornes qui les marquent sur la côte : mont Désert, Campden, Agamenticus, cap des Marsouins, Pascataquac. Certaines ne sont connues que par leur nom indien, d'autres ont été baptisées par les marins. Le vent qui souffle de la terre apporte des senteurs de jardin – d'arbres, de terre humide et de plantes qui poussent. Je contemple la mer qui se précipite contre de hautes falaises revêtues de forêts d'un vert profond. La côte paraît insondable. Vide de toute vie.

***

Hier soir, nous sommes restés au large du cap Sainte-Anne et des îles Shoals, dans l'attente du vent qui nous poussera vers le port. Au réveil, Marblehead dominait l'horizon, à l'ouest, mais le brouillard est venu envelopper toute chose et ralentir notre entrée dans Salem. Les marins sondaient les profondeurs sous la coque toutes les cinq minutes et criaient les brasses au capitaine. Le chenal principal est étroit, il passe entre deux îles, et l'approche du port est dangereuse.

La brume s'est levée dans l'après-midi, nous révélant le premier signe de présence humaine depuis que nous avons revu la terre. Les gens se sont massés sur le pont pour voir des navires agrippés aux quais comme des insectes. Derrière s'alignent les bâtiments bas et carrés, et les toits triangulaires de Salem.

Le pont et la cabine résonnent d'excitation, mais je ne partage pas l'enthousiasme général. Je ne sais pas ce que cet endroit me réserve. Le bateau m'est familier ; il a été mon chez-moi. Je préférerais rester à bord.

Je regardais depuis la poupe du navire quand, en se balançant, Jack a sauté des cordages comme un chat.

« Tiens, Mary, c'est pour toi. »

C'était la pièce reçue pour avoir été le premier à apercevoir la terre. Elle était cassée en deux.

« Une moitié pour toi. Une moitié pour moi. Garde-la pour te souvenir de moi.

– Tu es venu me dire au revoir ? »

Je me sentais plus désespérée que jamais.

« Je pense que oui. Pour le moment, en tout cas. »

Il a regardé vers la côte qui s'approchait.

« Nous serons bientôt au port et il va falloir que je m'active.

– Mais je te verrai en ville ! »

Il a secoué la tête.

« Je ne crois pas. Nous faisons voile pour Boston avec la

marée du matin. C'est pour ça que j'ai voulu te dire adieu maintenant. Plus tard, nous n'aurons peut-être pas le temps. »

Je ne savais pas quoi dire. Je n'avais pas pensé que nous nous séparerions comme cela, je ne m'attendais pas à ce que ce soit si soudain. Jack était comme le frère que je n'avais jamais eu, et plus. Confuse, j'ai tourné la tête.

« Ne sois pas triste. Je reviendrai et je te trouverai. Ceci… »

Il a brandi sa moitié de pièce.

« Ceci sera un signe. Un jour les deux moitiés seront réunies. Tu as ma parole. Je ne t'oublierai jamais, Mary, et je tiens toujours parole. »

Juste au moment où il se penchait vers moi, comme pour me donner un baiser, une voix a rugi :

« Toi, Jack ! Monte au poste de vigie ! »

Il a levé la tête, sur le point de me quitter, mais s'est quand même rapproché pour m'embrasser malgré tout. J'ai cru voir sourire le capitaine, et déjà Jack grimpait dans les cordages. Je l'ai observé, assis tout là-haut, pas plus gros qu'un jouet d'enfant. J'avais la bouche brûlante et le poing fermé sur la moitié du shilling. Je sais que je ne le reverrai jamais plus.

Le Nouveau Monde

Juin 1659

Nous sommes arrivés au port en soirée, avec la marée, et c'était comme si toute la ville était sortie pour nous accueillir. Hommes, femmes et enfants se précipitaient vers nous, qui souhaitant la bienvenue, qui demandant des nouvelles. Des passagers sont descendus rassembler leurs affaires, mais la plupart sont restés sur le pont pour vivre ce moment, l'accostage. Alignés tout le long du bastingage, ils scrutaient les visages dans la foule. J'ai senti que l'humeur générale passait de l'exaltation à l'anxiété. Les gens se tournaient vers leurs voisins et secouaient légèrement la tête. J'ai demandé à Martha ce qui se passait.

« Quelque chose n'est pas normal. Les frères qui sont venus avant nous devraient être là – au moins quelques-uns –, mais il n'y en a aucun. »

Elle m'a quittée pour rejoindre un groupe. Je ne comprenais pas ce qu'ils disaient, mais je sentais l'inquiétude au rythme de leurs voix qui montaient et descendaient.

Il a fallu bien du temps pour que nous débarquions et que tous nos biens soient déchargés. Les aînés et le révérend Cornwell ont été les premiers à mettre pied à terre. Ils ont tenu un conciliabule en petit groupe avec les dirigeants de la ville, laissant à d'autres le soin de surveiller le débarquement.

Quand nous nous sommes enfin tous retrouvés sur le dock, ce fut au tour des animaux que nous avions amenés. Des vaches, des bœufs, des cochons, des moutons et des chevaux décharnés ont émergé en clignant des yeux de la cale où ils avaient été confinés. Ils ont été hissés et débarqués au treuil, les pattes pendantes. Beaucoup étaient morts pendant la traversée ; les survivants beuglaient et bêlaient, désemparés, sur des pattes aussi chancelantes que celles de nouveau-nés. Les quelques poules qui restaient à Martha étaient serrées les unes contre les autres dans leur cage, ne manifestant pas plus de vie qu'un vieux tas de chiffons.

J'aurais voulu retourner à bord. J'avais la nostalgie du bateau comme on a le mal du pays, et je me sentais aussi abasourdie que les bêtes qu'on descendait. Le sol sous mes pieds me donnait une sensation étrange. La chaleur était étouffante, même là sur le quai, et je n'aimais pas le regard de tous ces gens qui me dévisageaient. J'aurais voulu faire demi-tour, aller retrouver Jack. Mais c'était impossible. Je ne pouvais pas faire machine arrière. Nos derniers bagages avaient été débarqués et on chargeait déjà une nouvelle cargaison. En mettant pied à terre, nous avions cessé d'être du bateau.

Les familles se sont regroupées parmi les barils, les caisses, les cageots et les sacs. Elles se tenaient côté quai, au milieu de leurs affaires entassées, dans l'attente des nouvelles. L'angoisse allait croissant. Personne ne savait ce que nous allions faire.

Les aînés étaient partis avec les hommes de Salem. Ils sont revenus la mine sombre. Elias Cornwell s'est juché sur une barrique pour s'adresser à nous. Debout, les bras ouverts, silhouette noire nimbée de lumière, il projetait une ombre allongée dans le soleil couchant.

D'abord, il nous a demandé d'incliner la tête devant le Seigneur et de lui offrir une longue prière d'action de grâces pour être parvenus à bon port.

« Nous avons traversé l'océan pour rejoindre nos frères et vivre une nouvelle vie dans un nouveau monde, une vie pure, libre de toute intervention extérieure. Nous sommes arrivés sains et saufs, et nous en remercions Dieu et Sa providence. »

Ces paroles ont été suivies d'un crépitement de « Amen », puis une voix a lancé :

« Et nos frères ? Avez-vous de leurs nouvelles ?
– Oui !
– Quelles nouvelles ? »

Les questions fusaient et passaient de bouche en bouche. Elias Cornwell a dressé les bras plus haut encore pour réprimer ces grommellements.

« Le révérend Johnson et ses ouailles ne sont plus ici. »

La foule s'est alors mise à vociférer. Elias Cornwell a dû élever la voix pour se faire entendre au-dessus du vacarme.

« Écoutez-moi, bonnes gens, écoutez-moi. Les dirigeants de la ville me disent que le pasteur Johnson est parti avec ses ouailles, en les guidant, tel Moïse, à travers la forêt. »

De la foule est montée une voix plus forte encore :

« Qu'allons-nous faire ? Que devons-nous faire ? »

Le révérend Cornwell a pris un ton de commandement.

« Nous devons prier Dieu jusqu'à ce qu'il nous indique clairement notre voie. En attendant, les bonnes gens de Salem nous ont ouvert leurs maisons, ils nous offrent un toit

dans l'esprit du Christ, et nous les en remercions. Demain se tiendra une réunion des Élus, à la Maison des assemblées de la ville. D'ici là, je veux que chacun consacre son temps à la prière et à la réflexion. »
Il a abaissé les bras et incliné la tête, donnant le signal d'une prière silencieuse. Nous sommes restés debout dans le couchant, nos ombres s'allongeant et la poussière sous nos pieds prenant des reflets dorés. Nous étions sur la terre ferme, mais j'avais l'impression de balancer, mon corps bougeait encore au rythme du navire. Nous étions arrivés, mais nous étions des étrangers sur une terre étrange. La poussière qui recouvrait mes chaussures paraissait identique à celle de mon pays, mais elle était différente. Moi qui n'avais pas souffert du mal de mer, je me suis sentie soudain prise d'une immense nausée.

Nous sommes au soir de notre première journée ici et je ressens toujours ce sentiment d'étrangeté. J'ai exploré la ville avec Rebecca, en compagnie de Tobias, mais rien ne m'y semble réel. J'ai l'impression d'être dans un rêve, au pays des fées, où tout a l'air pareil tant qu'on n'y prête pas attention.
Il fait très chaud, plus que lors d'un été anglais, et l'air est beaucoup plus humide. La chaleur ne diminue pas avec le coucher du soleil, on dirait même qu'elle augmente, au point que j'ai du mal à respirer. Je n'arrive pas à dormir. C'est pourquoi je suis en train d'écrire mon journal. Je suis

installée à la fenêtre. Ma table est une poutre horizontale, taillée dans un grand arbre de la forêt qui fait le tour de la maison. J'écris à la lumière naturelle. La nuit est très claire. La lune est basse et grosse, pareille à une lanterne d'argent, et les étoiles scintillent en formant un grand arc. Je reconnais les constellations, mais même mes yeux de novice peuvent voir qu'elles ont changé. C'est comme si une main gigantesque avait détourné les astres de leur position.

Sur le sol, les lucioles sont autant de points de lumière. Le chant des criquets et le coassement des grenouilles résonnent dans la nuit. L'odeur de bois fraîchement travaillé est partout. Rien n'est vieux ici, il y a peu de constructions en brique ou en pierre. La plupart des maisons sont en bois, les murs revêtus de planches et le toit pointu couvert de bardeaux. Tout paraît neuf. Même les plus anciens bâtiments n'ont guère eu le temps de se patiner. Peu de maisons très grandes ou très élégantes. La plupart sont petites ou moyennes, prévues comme des abris résistants, pour protéger des intempéries.

Les gens ressemblent à leurs habitations. Nul n'est très misérable, ni de très haut rang. Je n'ai vu ni mendiant, infirme ou pas, ni personnes très riches. Les habitants ne se distinguent pas par le vêtement, puisqu'ils sont tous habillés à l'identique, de couleurs tristes et sobres – noir, brun, gris, brun-roux, vert –, sans le moindre ornement, ni dentelle ni soie. Ce qu'ils peuvent ou non porter est dicté par la loi. Ils sont très stricts sur ce point, et je les soupçonne de l'être sur bien d'autres. Il serait difficile de ne pas remarquer la potence, le pilori et le poteau où l'on attache ceux qui sont fouettés.

Les bonnes gens de Salem nous montrent ce que va être notre vie. Nous ne sommes pas sur une terre d'abondance. Sur leurs visages se lit une histoire de travail et d'épreuves. Ils sont partis de rien, ont construit leur vie grâce à la forêt. Les biens apportés de chez eux sont rares, et ils se remarquent, parmi les meubles et ustensiles fabriqués avec ce qui se trouve dans les environs. L'étain n'est là que pour la décoration. Même les assiettes, les bols et les cuillères sont en bois.

Les habitants se montrent accueillants, ils partagent leurs maisons et leur nourriture avec nous ; mais ils demeurent austères. Même leur façon de parler est différente. Ils ont un fort nasillement qui durcit leur prononciation. Ils nous donnent à manger du porridge, de la viande et des légumes bouillis ensemble. La nourriture est fraîche et chaque bouchée est un délice, après les biscuits charançonnés et le porc salé à moitié pourri dans les barils. Pour l'essentiel, la nourriture est la même que celle que nous préparions chez nous, sauf le porridge qui est jaune vif. Il est fait avec ce blé qui pousse en hauteur dans les champs et les jardins tout autour de la colonie. Il y a d'autres plantes, aussi. Des haricots et une plante basse, rampante, dont les gros fruits rappellent le goût de la courge, mais sont ronds et orange. Du moins, la terre semble fertile. L'un des premiers gestes de Martha a été de s'agenouiller pour ramasser de la poussière.

« De la bonne terre, ça c'en est », a-t-elle dit, en la faisant passer entre ses doigts sous les yeux de Jonas.

Il a acquiescé d'un signe de tête, souriant de plaisir. Ils vont faire des plantations ensemble. Pas seulement pour manger. Ils prévoient un jardin aromatique pour faire pousser les herbes dont ils ont besoin pour fabriquer des remèdes.

Jonas et Tobias logent avec nous, ainsi que Rebecca et sa famille. Nous avons tous trouvé de la place chez la veuve Hesketh. Elle nous a accueillis bien volontiers, nous a fait asseoir et donné à manger, mais c'est le genre de femme qui ne sourit jamais et elle a le visage marqué par une vie dure. J'ai entendu Jonas murmurer à Tobias, en montant les escaliers : « C'est pas une beauté, pour sûr… », et j'oserais dire qu'il a raison. C'est une grande femme mince, anguleuse, aux mains rouges et écorchées, grosses, des mains d'homme. Elle vit avec son fils, Ezra. Ils tiennent une auberge en ville.

Son mari est mort peu après leur arrivée. Nous n'étions pas là depuis longtemps quand elle nous a raconté son histoire.

« Il est là-bas, dans le cimetière », a-t-elle dit, avec un brusque mouvement de tête.

« Avec pas mal d'autres. Y avait rien ici quand nous sommes venus, et notre bateau est arrivé tard dans l'année, trop tard pour semer. »

C'était après dîner ; nous étions tous assis autour du feu. À ces mots, John Rivers a levé les yeux, mal à l'aise. Nous sommes en retard pour les semailles.

« Horrible traversée, la nôtre. Tempêtes, maladies à bord. Quand nous sommes arrivés, il restait bien peu à manger et beaucoup étaient trop affaiblis pour pouvoir récupérer. Ils ont été emportés par l'hiver. Dieu les a rappelés à Lui, comme mon Isaac. »
Elle a fait une pause, et regardé le mouchoir qu'elle tortillait entre ses doigts.
« Ça n'a pas été aussi dur que pour d'autres, mais nous avons eu faim plus d'une fois, ça oui. La ville a changé depuis, remarquez. Personne ne connaît plus la faim, maintenant. »
Elle s'est penchée pour remuer le feu.
« Et comment dire à quoi ça ressemble, plus loin dans les terres ? Un pays sauvage. Ce qu'on n'emporte pas avec soi, il faudra s'en passer. Vérifiez où en sont vos provisions, voilà mon conseil. Achetez-en plus tant que vous pouvez. Si vous ne pouvez pas semer, il vous en faut assez pour tenir jusqu'aux récoltes de l'an prochain. Les hivers sont cruels par ici. »
Elle fixait John Rivers de ses yeux aux paupières tombantes.
« Pensez à vos enfants, à votre femme, ils ne passeront pas un hiver ici, le ventre vide. »

Suivant le conseil de la veuve Hesketh, John Rivers est allé, avec Tobias et Jonas, inspecter ce que nous avions apporté d'Angleterre. Tout ce que la traversée a abîmé doit être remplacé, et tout ce que nous avons pu oublier, ainsi que l'équipement supplémentaire, doit être acheté avant que nous ne quittions la ville pour nous enfoncer dans la forêt.

Aujourd'hui était jour de marché et la ville était pleine de la foule de ses habitants grossie des nouveaux arrivants d'Angleterre, tous à la recherche de choses utiles. Martha était restée aider la veuve Hesketh, donc Rebecca et moi y sommes allées ensemble. Apparemment, tous les passagers du bateau étaient là. La gaîté flottait dans l'air, tous étaient joyeux d'être arrivés sains et saufs. Ils partageaient le soulagement de se retrouver sur terre, au sec, de pouvoir prendre un bain, de laver les vêtements sales portés à bord, et d'aérer ceux qui avaient été conservés pour être portés à l'arrivée. Presque tout le monde nous arrêtait pour demander à Rebecca des nouvelles du petit Noé et de sa mère.

« Elle va très bien, merci », répondait Rebecca de sa voix grave et tranquille. « Le bébé aussi. »

Peu de gens m'ont adressé la parole. Ils regardaient dans ma direction, et détournaient vite le regard. Malgré toutes ces semaines en mer, ils ne m'acceptent toujours pas comme un membre de leur congrégation. Non que cela m'importe : Martha, Jonas et Tobias composent toute la famille dont j'ai besoin et, depuis la naissance du petit Noé, Rebecca et moi nous sommes rapprochées, comme des sœurs. À notre première rencontre, je ne l'avais pas trouvée amicale, mais j'ai appris à mieux la connaître. Sa réserve n'est pas de l'hostilité. Elle vient de sa timidité : Rebecca ne sait comment s'y prendre avec ceux qu'elle ne connaît pas bien. Elle n'a rien d'une bavarde, mais c'est sa façon d'être, elle ne parle que lorsqu'elle a quelque chose à dire. Elle fait attention à ne pas blesser les autres. Elle ne fouille pas dans mon passé, je ne l'interroge pas sur le sien. Nous ne sommes pas les seules, d'ailleurs. J'ai l'impression que beaucoup font de même, ici. Ils ont traversé un océan pour se construire une nouvelle vie et ils sont satisfaits de voir le passé s'éloigner et s'effacer derrière eux, comme la dernière image de la terre.

Les marchands n'étaient pas tous des puritains. Ils y avait aussi des colporteurs. Deborah Vane, sa sœur Hannah et leurs amies Elizabeth Denning et Sarah Garner étaient occupées à farfouiller dans la marchandise de l'un d'eux, à la recherche de colifichets interdits, quand l'une d'elles a levé les yeux et nous a vues.

Je les ai souvent aperçues, sur le bateau. Pendant la moitié de la traversée, elles se sont plaintes du mal de mer ; et, une fois suffisamment remises pour monter sur le pont, elles ont passé le reste du temps à jouer les coquettes avec les marins, ou, serrées les unes contre les autres, à parler d'amoureux et de mariage, se rêvant maîtresses de maison avant même d'avoir quitté l'adolescence. Aujourd'hui, elles s'étaient habillées pour faire impression. Leurs habits, tout juste sortis des coffres, étaient encore froissés et n'avaient pas été aérés correctement, de sorte qu'ils dégageaient une légère odeur de moisi. Leurs mères ne savent pas, comme Martha, répandre de la douce lavande odorante entre les couches de vêtements.

Deborah et Hannah Vane. Elles portent bien leur nom de « vaines », au moins Deborah. C'est elle qui dirige la bande. À peu près du même âge que Rebecca, elle a un certain charme potelé. Aujourd'hui, elle avait les joues roses de les avoir pincées, et la bouche, qu'elle s'était mordue au sang, d'un rouge cerise. Son col était égayé d'un rang de broderie, et son corsage sombre bordé et rehaussé de soie. Les ornements sont subtils, soigneusement calculés pour éviter de justesse la désapprobation. De même, ses cheveux roux trouvent le moyen de s'échapper des limites de son bonnet, et ils lui encadrent le visage de boucles d'une perfection suspecte.

Sa sœur Hannah est plus jeune, avec une tête de moins et des traits anguleux et sournois. Ses cheveux, moins flamboyants, s'échappent également de son bonnet, mais pour retomber en spirales désordonnées qui font penser à de la corde effilochée. Comme sa sœur, elle a les yeux marron, mais sombres et brillants tel du charbon. D'elles deux, c'est Deborah qui a hérité de toute la beauté.

Les deux sœurs sont toujours ensemble, Hannah tournant perpétuellement la tête comme une girouette, levant sur son aînée un regard de chiot en adoration, suspendue à chaque mot de Deborah. Elizabeth Denning et Sarah Garner se montrent, elles aussi, déférentes. Deborah fait la loi dans l'équipe. Elles se tiennent toujours compagnie, gloussant et faisant des messes basses. Je ne les aime pas. Sur le bateau, elles m'ont lancé des regards noirs sans raison, et ont parlé de moi en se cachant la bouche de la main. Aujourd'hui, elles m'ont entièrement ignorée. C'est après Rebecca qu'elles en avaient, quand elles nous ont fait signe de venir, mais elles ne s'intéressaient pas à sa mère, ni à son petit frère. Elles voulaient des nouvelles de Tobias.

« Comment va maître Morse ? » a demandé Deborah.

Elle se tenait la tête parfaitement droite mais une lueur brillait au fond de ses yeux marron et sa question a déclenché des fous rires chez les autres.

« Le père ou le fils ? » a demandé Rebecca qui savait pourtant bien à qui Deborah pensait.

« Le fils, bien sûr ! Qu'elle est niaise ! » s'est exclamée Hannah. Sa remarque fut ponctuée d'une nouvelle explosion de gloussements, aux dépens de Rebecca cette fois.

Celle-ci a serré les mâchoires, n'appréciant pas d'être prise pour une idiote par quelqu'un qui a moins de cervelle qu'un poulet.

« Il va assez bien.
– Pas avec toi, aujourd'hui ?
– Il est occupé. Avec mon père. »
Cela a suscité de nouveaux éclats de rire.
« Et avec le sien. Ils s'occupent de notre avenir…
– Ensemble ? » a demandé Deborah, avec un sourire. Les autres filles pouvaient à peine se contenir. Rebecca luttait pour avoir l'air indifférent mais, devant l'insolence de l'autre, sa peau pâle commençait à se colorer.

Elle ne m'en a rien dit, mais une complicité s'installe

entre Tobias et elle. Ils ne se font pas précisément la cour ; ils en sont encore au stade des regards et des sourires, mais ces derniers temps ils ont souvent été ensemble. Cela n'a pas échappé à Deborah et aux autres. Le sourire de Deborah s'est crispé et d'un coup d'œil, elle a intimé à ses compagnes de se calmer. La lueur, au fond de ses yeux sombres, a changé, et son regard s'est durci. Tobias ferait un bon mari pour n'importe quelle jeune fille. Il est beau et bien bâti, c'est un jeune homme vigoureux et un charpentier – métier hautement prisé dans un monde construit en bois. Rebecca a une rivale.

Soudain, Hannah a poussé un cri aigu et a reculé d'un bond, en serrant plus fort le bras de sa sœur.

« Qu'est-ce qu'il y a ? a demandé Deborah, en essayant de se dégager de sa cadette dont l'étreinte se resserrait. Que se passe-t-il ?

– Regarde ! Là-bas ! »

Hannah pointait un doigt tremblant sur la foule. Les autres se sont retournées dans la direction indiquée et ont écarquillé les yeux, comme si quelque chose de sauvage et de dangereux était sorti de la forêt pour se planter devant elles. D'autres personnes regardaient aussi, et beaucoup reculaient avec des exclamations de frayeur.

La foule s'est scindée, dégageant un passage pour deux indigènes qui traversaient le marché. Les colons ne leur prêtaient aucune attention, comme si leur présence faisait partie du quotidien, mais ceux qui venaient de débarquer les fixaient, partagés entre la crainte et l'ébahissement.

« Des sauvages ! s'est écriée Hannah d'une voix suraiguë. Ils vont nous tuer sur place ! »

Deborah a couiné comme une stupide petite truie, animal avec lequel elle a plus d'une ressemblance, et a porté vivement la main à la bouche. Elizabeth et Sarah étaient agrippées l'une à l'autre, pétrifiées de terreur.

« Ils ne vous feront pas de mal ! a lancé Rebecca, dont les yeux noisette s'étaient obscurcis de mépris. Chut ! Ils vont vous entendre ! »

Si c'était le cas, ils n'en ont pas montré le moindre signe. Ils allaient la poitrine nue, comme leurs jambes, exception faite de jambières de peau souple frangées aux genoux. Ils ne portaient pas de culottes, mais de courts napperons de cuir suspendus, devant et derrière, à une étroite ceinture de perles ; c'est peut-être cela qui avait fait couiner Deborah. Ils étaient chaussés de cuir souple retenu par des lanières et chacun avait enfilé un gilet sans manches fait de peaux. Sur le devant, celui du garçon était décoré avec des pennes, je crois, teintes de couleurs vives, du rouge, du bleu, et disposées en chevrons. Ils étaient très peu vêtus, mais de façon pratique. Ils ne transpiraient pas dans la chaleur comme les Anglais.

Ils étaient tous deux de haute taille et bien faits, rasés de frais, de belle allure, avec leurs traits saillants. Ils se ressemblaient assez pour être de la même famille, bien que l'un des deux soit très âgé ; peut-être un grand-père et son petit-fils. Ils avaient la peau foncée, mais pas rouge du tout, malgré le nom que leur donnent les Blancs. Elle a plutôt le brun foncé du bois bien ciré et évoque une vie à l'extérieur, sans vêtements encombrants. Leurs cheveux, longs, tombaient au-dessous des épaules. Le jeune homme les avait noirs, brillants, avec des reflets verts et bleus ; il les portait libres, rasés d'un côté. Le vieil homme était grisonnant, avec une nette et large bande blanche partant d'un côté de la pointe des racines, qu'il avait très basse sur le front. Lui aussi avait une longue chevelure, mais ramenée en arrière et entremêlée de plumes et de perles dans une tresse épaisse.

Ils avançaient dans la foule, et les gens se taisaient. Une poche de silence se créait sur leur passage, et il était difficile de ne pas garder les yeux sur eux. Jonas m'avait parlé de « cabinets de curiosités » qu'il avait vus. Des curiosités, des choses étranges et précieuses rapportées du monde entier pour émerveiller les gens. On aurait pu croire qu'une pièce de la collection de M. Tradescant exposée à l'Ark, à Lambeth, avait soudain pris vie et s'était mise à marcher.

Je n'ai pas glapi comme Deborah, et je ne me suis pas non plus cramponnée à Rebecca mais, comme tous les autres, je ne pouvais m'empêcher de les observer. Ils avançaient avec une grâce silencieuse et, lorsqu'ils sont passés près de nous, j'ai senti une odeur propre d'aiguilles de pin et de fumée de bois, tout le contraire de la puanteur âcre de la sueur et des corps restés trop longtemps dans des vêtements sales, qui collait à mes compagnons.

Le jeune homme regardait droit devant lui, ni à droite, ni à gauche. L'ancien scrutait des deux côtés, mais sans curiosité, comme si la foule était composée d'objets inanimés, ou de créatures sans intérêt. Il avait les yeux profondément enfoncés, très sombres, dans un visage buriné, extrêmement ridé autour du nez et de la bouche. Il a cligné des yeux ; son regard s'est soudain fait vif et perçant. Il a retenu le mien une fraction de seconde, puis s'est détourné, de nouveau braqué sur la foule, distant, indifférent, comme s'il voyait à travers elle.

***

Le père de Rebecca est inquiet. Il y a une semaine que nous sommes à Salem et aucune décision n'a été prise. Nous ne pouvons pas nous permettre de beaucoup tarder, pas si nous voulons construire des abris avant l'hiver. Il est déjà trop tard pour semer. Ce soir, il doit se rendre à la Maison des assemblées pour discuter avec les autres aînés. Il entend leur dire ce qu'il pense de la question. Si nous devons nous mettre en route, ce doit être maintenant. Nous pourrions aussi rester ici, bien que la plupart des bonnes terres des environs soient prises et que, selon Jonas, il tarde aux habitants de la ville de nous voir partir.

La veuve Hesketh a lancé un regard de côté à Martha.

« Vous avez de bons bras et je reconnais que vous m'avez bien aidée. »

Elle a fait une pause.

« Ce ne sont pas mes affaires, bien sûr, et vous allez sans doute décider en fonction de votre famille et selon votre conscience, mais sachez bien que vous avez une place ici avec moi. La fille aussi. »

Elle a fait un signe de tête dans ma direction avant de revenir à Martha. Sous leurs lourdes paupières, ses yeux étaient insondables, autant que ceux du vieil Indien. Je sentis que les deux femmes communiquaient sans dire un mot.

« Une fille de son âge peut toujours se rendre utile. Vous dites qu'elle coud bien ? »

Martha a acquiescé.

« La ville s'agrandit, les gens ont besoin de vêtements. »

La veuve Hesketh a gloussé, d'un rire sans joie.

« Y en a même qui retrouvent le goût du raffinement. On ne manque pas de tissu avec ce qu'apportent les bateaux. Vous pourriez vous monter une belle petite affaire.

– Ça vaut la peine d'y penser, je le reconnais. »

Martha avait les yeux posés sur les morceaux de tissu qu'elle assemblait.

« Une vie toute faite, contre une vie à se tailler dans la forêt. »

Je regardais Martha, étonnée. Elle n'avait jamais exprimé cette opinion auparavant.

« Mais ce sont les miens… »

Elle a coupé le fil entre ses dents et s'est attaquée au reprisage.

« Et je veux rejoindre des parents, de sang et par alliance. Maintenant que j'ai fait tout ce chemin avec eux sur la voie du Seigneur, ce n'est pas le moment de m'en écarter. »

La veuve Hesketh accueillit la décision de Martha avec un léger hochement de tête.

« Que Dieu vous protège. Ce sera un long et dur voyage. »
Elle a frissonné un peu alors que la nuit était chaude et que nous étions assises devant le feu.

« Et sûrement pas un voyage que je ferais, en tout cas.
— Pourquoi cela, maîtresse Hesketh ? »

J'ai rapproché mon tabouret, que j'avais transporté derrière celui de Martha pour m'éloigner de la chaleur de l'âtre.

« Il n'y a guère de routes, ma chère, et celles qui existent ne vous mènent pas loin dans la forêt. Vous ne suivrez guère plus que des pistes d'animaux, et des sentiers tracés par les sauvages. La forêt n'est pas un lieu pour ceux qui craignent Dieu. On raconte…
— Qu'est-ce qu'on raconte ?
— Qu'il y a des esprits là-bas. Et en particulier, un esprit noir sous forme humaine, que les Indiens vénèrent… »

Elle a frissonné de nouveau, et resserré son châle.

« Balivernes, sans doute, mais certains jurent qu'ils l'ont vu, et les gens n'aiment pas rester pris dans la forêt. Y a les bêtes, bien sûr, et les sauvages, mais c'est pas ça qui leur fait peur quand le soleil se couche. C'est pas ce qui les fait rentrer à la maison aussi vite qu'un cheval au galop. »

Elle s'est penchée en avant pour remuer le ragoût sur le feu.

« Ce sera un rude voyage et les gens de Salem ne vous seront pas d'un grand secours.
— Parce qu'ils ont peur des ogres ? »

Elle rit de nouveau de son rire rauque, presque un aboiement.

« Pas tout à fait. Il y a une autre raison. Le révérend Johnson et ses gens, l'atmosphère était lourde, quand ils sont partis d'ici. C'était pas par manque de terre, il en restait plein aux alentours à l'époque. Non… »
Elle secoua la tête.
« C'était pour une autre raison.
– Mais laquelle, alors ? ai-je demandé.
– On leur a conseillé de partir, si l'on peut dire. Le révérend Johnson lui-même est un homme très difficile. À peine arrivé, il a commencé à être en désaccord avec les autres ministres du culte. Bon prédicateur, mais polémiqueur, semeur de troubles ; obstiné et arrogant, voilà ce qu'on a dit de lui, porté à considérer sa foi comme supérieure à celle des autres, et ce n'est pas la façon de faire à Salem. L'avait trop bonne opinion de lui-même, c'est ce qu'on a dit, à la limite du blasphème.
– Comment cela ?
– Il y a une différence sensible entre prêcher les paroles des prophètes et croire qu'on en est un soi-même. Il se comportait comme un nouveau prophète, et sa congrégation l'acclamait. C'en était trop pour les autres ministres. Ils ont déclaré ses croyances dangereuses, l'ont accusé d'être tombé dans l'erreur en y entraînant ceux qui le suivaient. Repentez-vous ou partez d'ici, voilà ce qu'ils ont dit. Alors il s'est levé et il est parti, emmenant toutes ses ouailles dans la forêt, leurs bêtes marchant devant, juste comme les Israélites.
– Où sont-ils allés ?

— Il a choisi des chemins jamais explorés. Des voies inconnues. Convaincu que Dieu les guiderait où ils voulaient aller.
— Mais ils se sont bien installés quelque part ?
— Ils ont fondé une colonie, loin dans la forêt, et c'est à peine si l'on entend parler d'eux depuis. Ils viennent rarement ici. Et maintenant vous arrivez, désireux de les rejoindre. »
Elle posa sur Martha un regard inquiet.
« Vraiment, maîtresse, je vous mets en garde, n'y allez pas. »

***

Nous sommes tous appelés à nous rendre à la Maison des assemblées. Toute la congrégation, et quiconque voudrait s'y joindre, comme moi, Jonas et Tobias. On va nous demander de choisir si nous souhaitons rester ou partir. Martha y va, les Rivers aussi, mais je ne suis pas sûre pour Jonas et Tobias. Jonas se plaît ici. Il parcourt la ville et les docks, bavarde avec les habitants et les marins, échange des nouvelles et glane des informations. Il fait même quelques affaires en vendant ses pilules et ses potions. Je l'ai entendu parler de ses doutes à son fils.

« Est-ce que tu t'y connais en agriculture ? Et moi, d'ailleurs ? Toi, charpentier, et moi, apothicaire ? Nous pourrions bien gagner notre vie, ici même, à Salem. Ou tenter notre chance dans une autre ville — Boston, peut-être ? J'ai entendu dire que c'est une ville florissante.

– Ce sont de bonnes gens.
– Oui, des gens bien. La foi se lit dans leurs yeux. Mais les autres, ceux qu'ils vont rejoindre ? Nous ne savons rien d'eux. Nous sommes des étrangers. Ils ne voudront peut-être pas de nous. Est-il sage de se joindre à eux ? Qu'en dis-tu ? Devons-nous y aller ou rester ? »

Tobias n'a pas répondu. Il a juste étiré ses longues jambes et bu sa bière.

Deux hommes se tenaient à la porte, en scrutateurs : le père de Deborah, Jeremiah Vane, et son oncle, Samuel Denning. Nous sommes entrés en file et avons pris place strictement selon notre rang. Elias Cornwell nous fixait du haut de la chaire. Il n'y aurait pas de discussion. Le révérend Cornwell ne fit même pas de sermon ; il nous demanda simplement d'incliner la tête, de prier en silence, de nous faire humbles devant le Seigneur pour Lui demander conseil. Le moment était venu de faire un choix : rester ici ou partir dans l'une des autres villes qui poussaient comme des champignons, ou bien encore suivre la voie du révérend Johnson dans la forêt. Les aînés avaient déjà pris leur décision. Ils formaient tous un seul rang, à l'avant, et John Rivers était parmi eux.

Un par un, les chefs de famille ont quitté leur place pour les rejoindre. Puis Sarah, la mère de Rebecca, est allée à côté de son mari, tenant ses enfants par la main, suivie de

Rebecca, le petit Noé dans les bras. Bien que je partage certains doutes avec Jonas, quand Martha s'est levée, je lui ai emboîté le pas. Les familles étaient alignées de part et d'autre de la salle, et seuls les étrangers restaient encore assis. Jonas a baissé la tête plus bas et murmuré quelque chose à Tobias, de côté. Son fils a secoué la tête, comme pour éloigner des mouches, s'est redressé et s'est avancé pour rejoindre les autres, entraînant Jonas avec lui. Rebecca a regardé Tobias prendre place. De l'autre côté de la pièce, Hannah a jeté à sa sœur un regard qui en disait long et celle-ci l'a réprimandée. Je les ai regardées en souriant. Là où *elle* irait, *il* irait aussi.

***

Ce soir, après dîner, la veuve Hesketh m'a demandé de venir m'asseoir près d'elle.

« Y a un peu de raccommodage à faire. Voyons comment tu tiens l'aiguille. »

Elle s'est installée sur son siège habituel près du feu, et moi à côté d'elle sur un tabouret avec un sac rempli de bas à repriser et de chemises à raccommoder. Elle inspectait mon travail, vérifiant que mes points étaient serrés et solides. Une fois satisfaite, elle m'a encouragée à continuer, et elle est demeurée là, le regard perdu dans les flammes.

« Tu es la bienvenue si tu veux rester avec moi », a-t-elle dit au bout d'un moment.

« Une fille prête à se rendre utile a sa place ici. »

J'ai levé les yeux, surprise, un peu prise au dépourvu. Je n'ai pas répondu immédiatement ; je me suis absorbée dans mon ouvrage, veillant à ce que mes points soient tout petits et réguliers. Puis je l'ai remerciée poliment et j'ai décliné son offre. Je partage peut-être certaines craintes de Jonas sur ce qui nous attend, mais rester signifierait n'être rien de plus qu'une servante, et cette perspective ne me réjouit pas.

« Réfléchis. »

Sous leurs lourdes paupières, ses yeux sondaient les profondeurs du feu.

« Je connais un peu ton histoire par Martha, et je devine le reste. Il se pourrait que tu sois plus en sécurité ici. Je pense que tu comprends ce que je veux dire.

– Comment savez-vous ? » ai-je demandé d'un ton calme, en regardant tout autour avec précaution. Nous étions seules dans la grande pièce éclairée par le feu, pas une autre âme, même à côté, mais parler de ces choses pouvait nous mettre toutes les deux en danger. Si elle voyait la sorcière en moi, d'autres le pourraient peut-être aussi. J'avais la gorge serrée de crainte, et des frissons me parcouraient la nuque.

« Est-ce si évident ?

– Entre gens du même bord, on se reconnaît. Je ne sais pas si c'est un cadeau du ciel ou une malédiction, ce que je sais, c'est qu'on ne choisit pas. »

Elle ne me regardait toujours pas, mais à ses dires, je sus qu'elle pratiquait l'*art*.

« J'ai été avertie de ton arrivée.

– Par qui ? Comment ?
– Tu n'as pas à le savoir. »
Elle avait à présent les deux yeux fixés sur moi et dans ses pupilles brûlait une flamme.
« Mais il faut que tu fasses attention, où que tu ailles. Surtout ici.
– Ici ? Pourquoi ici ? Je pensais que tout le monde était libre de commencer une nouvelle vie. Je pensais... »
Elle a eu un petit rire.
« Quelle naïve tu fais, ma chère ! C'est encore bien *pire* ici ! Les gens amènent leurs superstitions avec eux, en traversant l'océan. Une fois ici, ils sont cernés par la forêt. Personne ne peut dire jusqu'où elle s'étend, infestée qu'elle est de sauvages et de Dieu sait quoi. La foi n'est qu'une petite étincelle dans une obscurité profonde. La peur monte comme un liseron, étouffant tout au passage.
– Je sais être prudente. Je n'ai pas besoin que l'on s'occupe de moi. »
Encore le même rire étouffé.
« Ça, j'en doute. Mais je ne parle pas seulement pour toi. »
Elle s'est penchée en avant, balançant son siège au-dessus des bûches couvertes de cendre.
« Martha est une femme de cœur, et elle a été gentille avec toi. »
Je ne pouvais pas le nier.
« Alors, prends garde, petite maligne. Tu as l'esprit vif, et des idées bien à toi. Mais il faut que tu tiennes ta langue,

sinon tu ne seras pas la seule à avoir des problèmes. Garde tes opinions pour toi et surveille bien tes arrières. »

***

Notre départ a encore été repoussé. Les jours passent et rien ne se décide. Les hommes de Salem disent que nous devons utiliser des guides indigènes, mais le révérend Cornwell et les aînés ne veulent pas en entendre parler. Ils font valoir que ce sont des athées, des fils de Satan, que nous devons avoir confiance en Dieu pour nous guider à travers la forêt, comme Moïse et son peuple. Tout le monde ne partage pas cette opinion, même parmi les aînés. John Rivers est rentré très en colère de leur dernière réunion, en marmonnant qu'Elias Cornwell pouvait bien citer Moïse autant qu'il le voulait. Les enfants d'Israël ont passé quarante ans dans le désert, ce qui fait longtemps à errer sans abri. Dieu a pris Son temps avant de les en sortir.

Les hommes de Salem ne partiront pas sans les indigènes. Ils disent que nous allons dans des endroits peu explorés et que, sans leur connaissance, nous nous perdrons à coup sûr. John Rivers dit que nous ne pouvons pas partir sans l'aide de Salem, quoi que les aînés en pensent. Nous n'avons pas assez de chariots et de bêtes pour transporter les biens et les hommes. Les habitants de Salem ont l'esprit pratique et avisé. Ils ne nous prêteront ni chariots, ni bœufs, ni chevaux, de peur de ne pas les récupérer.

Après bien des discussions, Rivers et son parti l'ont

emporté. Nous allons finalement avoir des guides indigènes. Maintenant, d'autres récriminations se font entendre. Louer des chariots et des bœufs va nous coûter cher et personne ne prêtera jamais un cheval. Ils sont trop précieux pour être lancés dans une entreprise aussi risquée.

La Forêt

Juillet 1659

Nous avons quitté Salem par une belle journée de juillet, tôt levés – une matinée aussi claire et fraîche qu'en Angleterre. Je me suis souvenue du jardin de ma grand-mère et de sa douce odeur de giroflée et de rose. Je revoyais les roses trémières, les pieds d'alouettes et les campanules de Canterbury, toutes ces fleurs qui étincelaient au soleil comme des bijoux. La tristesse m'a serré la gorge en repensant au petit cottage, au fond, sombre et abandonné, et au jardinet étouffé par les mauvaises herbes.

Nous nous sommes rassemblés pour traverser la ville en procession, certains à cheval, d'autres à pied, d'autres encore sur des chariots où s'empilaient vivres et bagages. Les habitants de Salem vinrent en foule pour nous voir ; c'était comme un jour de foire ou de fête, comme il en existait à Lammas, au temps des moissons, quand des processions traversaient chaque ville et village. J'étais trop jeune pour m'en souvenir mais ma grand-mère m'en avait parlé. J'avais été triste d'avoir manqué ces moments où l'on pouvait remettre le travail au lendemain et où tout le monde pouvait rire et s'amuser ensemble, au moins pour une journée.

À la sortie de la ville, la campagne s'étendait devant nous, verte sous un ciel sans nuages. La route était large et bien construite, serpentant jusqu'à l'horizon, comme si elle traversait un immense parc planté de grands arbres, certains isolés, d'autres en bosquets – des hêtres, des frênes, des chênes.

Je n'étais pas la seule à penser à l'Angleterre. J'ai vu passer une fugitive expression de joie chez beaucoup, toujours immédiatement suivie par la même ombre de tristesse. Comme lorsque l'on croit un instant reconnaître un être cher, depuis longtemps disparu, dans le visage d'un étranger, cette personne aimée que l'on recherche depuis si longtemps et que l'on ne reverra jamais.

Nous progressions lentement, car nous formions un groupe important, et, en vérité, nous devions ressembler aux tribus d'Israël dans leur fuite hors d'Égypte : poussant devant notre bétail, moutons et chèvres, avançant cahin-caha, en procession désordonnée ; traînant, derrière nous, les chariots bruyants, et marchant sur les talus en bordure de la route.

Mais nous n'étions pas poursuivis par l'armée du Pharaon. Nous avions même le temps de nous arrêter pour cueillir des fraises. Elles poussaient en abondance, aussi grosses que des prunes, luisantes et juteuses. Nous en remplissions nos tabliers et les mangions jusqu'à en avoir la bouche tachée de rouge et les mains poisseuses.

Cela a commencé de cette manière, comme un beau jour, une sainte journée, au point que même les plus pessimistes riaient. Martha voyageait sur le chariot, avec ses poulets qui piaillaient. Ils avaient tous retrouvé leur plumage luisant et leur rondeur, grâce aux soins et aux restes de la veuve Hesketh. Jonas conduisait les bœufs, se penchant en arrière pour plaisanter avec Martha et la taquiner. Je marchais à côté de Rebecca et de Tobias, qui portait le plus petit des frères de

Rebecca sur ses épaules, tandis que les autres batifolaient autour, heureux d'être sortis des confins de la ville.

Toute la journée, nous avons voyagé ainsi, nous arrêtant à midi pour nous rafraîchir, manger les provisions que nous avions emportées, assis sur des couvertures, tandis que les animaux broutaient l'herbe. Nous avons continué ainsi jusqu'au coucher du soleil, moment d'établir le campement. Elias Cornwell a conduit une prière solennelle d'actions de grâces (je ne vois pas pourquoi puisque nous n'avons même pas encore atteint la forêt) et nous avons allumé des feux, et fait la cuisine dehors, comme une bande de vagabonds. Certains dorment sous des abris de toile, d'autres sous les chariots, ou en plein air, car la nuit est douce. J'écris à la lumière des étoiles.

Aujourd'hui, la route est devenue plus étroite. La voie large que nous avons prise en sortant de Salem a rétréci jusqu'à ne plus être qu'une piste. Il n'y a pas beaucoup de routes par ici. La plupart des longs voyages se font par mer ou par voie fluviale, mais nous avons choisi la terre ferme. Autour de nous, l'espace était toujours ouvert, nous permettant d'avancer avec une relative facilité, mais d'épaisses traînées, des bandes de vert sombre, barraient l'horizon. De tous côtés, la forêt guettait, menaçante. Notre progression, lente aux meilleurs moments, s'est encore ralentie. Nous ne pouvions pas avancer plus vite que ne le permettaient les chariots chargés et le bétail au pas lourd. Pendant longtemps, les arbres sont restés une tache floue, sans se rapprocher. La forêt est venue à nous peu à peu. Les arbres isolés tachetant le paysage sont apparus plus nombreux, serrés plus près les uns des autres, les bosquets de hêtres, de frênes et de chênes se sont faits plus touffus, mais rien ne pouvait nous préparer à la forêt elle-même.

Les arbres se massaient en une ligne hachurée. La piste sur laquelle nous étions y pénétrait et se perdait bientôt dans les profondeurs ombreuses où les arbres immenses réduisaient de moitié la lumière du soleil. Les cèdres étendaient des branches énormes. Les pins s'élevaient si haut que leurs têtes semblaient s'incliner l'une vers l'autre et se confondre. Les troncs à l'écorce rugueuse devenaient si larges que quatre hommes se tenant par la main n'auraient pu en faire le tour. Les feuilles et les débris accumulés depuis des siècles formaient à nos pieds un tapis épais.

À travers les arbres, nous ne pouvions voir que l'obscurité. La progression s'est interrompue. Même les animaux hésitaient à entrer ; les bœufs se sont retournés, avec des meuglements plaintifs, et les chevaux ont piétiné et gémi, en agitant nerveusement la tête.

Les enfants ont cessé de jouer et de courir en tous sens. Ils sont revenus près de leurs mères, s'accrochant à leurs jupes. Les femmes se sont tournées vers les hommes, qui avaient l'œil aussi fixe et rond que leurs enfants. C'était la forêt vierge, plus immense que tout ce dont nous avions entendu parler dans les histoires au coin du feu.

Entrer, c'était pénétrer dans un royaume mystérieux. Qui savait quelles forces étaient tapies dans ces profondeurs obscures ?

Deux hommes se sont détachés, à la lisière, aussi silencieux que des fantômes. En vérité, on aurait pu les prendre pour une sorte d'apparition car ils avaient été là en un clin d'œil ; l'espace qu'ils occupaient, vide l'instant d'avant, était empli de leur présence l'instant d'après. Ils se tenaient devant nous, sans prononcer le moindre mot de salutation.

C'étaient des indigènes, des Peaux-Rouges, les premiers que beaucoup, dans notre troupe, aient jamais vus. Leur présence soudaine a semé la panique. Des femmes se sont mises à crier, et certains de nos hommes ont tendu la main vers leurs armes. Les hommes de Salem ont dû intervenir. Ils n'étaient pas venus nous attaquer. Ils se tenaient en pleine lumière, leur arc en bandoulière. Ils étaient nos guides. Avec nous depuis le début, nous ne les avions tout simplement pas vus. Ils se manifestaient maintenant car nous avions besoin d'eux. Sans eux, nous ne pourrions jamais trouver le village dans lequel nous nous rendions. Sans eux, on ne nous reverrait peut-être jamais plus.

Nos guides doivent être les deux Indiens que j'ai vus au marché. Le garçon et son grand-père. Les hommes de Salem les connaissaient et le jeune homme s'est avancé pour leur parler. Nos anciens se sont également réunis pour se consulter. À la surprise générale, le jeune homme parlait anglais aussi bien que n'importe lequel de nos compagnons de voyage. Son grand-père n'a pris aucune part à ces délibérations. Il est resté immobile et paisible, en ignorant le regard fixe des curieux.

De temps en temps, ses yeux noirs se posaient sur nous, comme pour satisfaire sa propre curiosité. Comme la dernière fois, j'ai senti ses yeux chercher les miens et il a soutenu mon regard, rien qu'une seconde. Une fois de plus, j'ai éprouvé cette étrange sensation, comme s'il lisait en moi. Il m'a tenue comme une hermine tient un lapin, puis son regard est parti se poser ailleurs et l'étrange sensation a disparu.

Lorsqu'ils ont eu fini de parler, le soleil sombrait derrière la forêt. Il était trop tard pour prendre le risque d'y pénétrer.

Nous devions camper pour la nuit.

Les Indiens sont repartis je ne sais où. J'écris à la lumière tremblotante du feu. En dehors de ce cercle, tout est noir.

Elias Cornwell a conduit les prières, avant le dîner ; il a lu l'Évangile selon saint Matthieu : « Large est la porte et vaste le chemin qui mène à la destruction, et nombreux sont ceux qui l'empruntent. Parce que étroite est la porte et étroit le chemin qui mène à la vie, peu nombreux sont ceux qui le trouvent... »

Nous sommes entrés dans la forêt proprement dite. Parfois, la voie est aussi large qu'une allée cavalière royale, parfois elle disparaît totalement, barrée de buissons impénétrables. Arbustes et ronces, voire des arbres, doivent être coupés, pour permettre aux chariots de passer. Les chariots s'arrêtent et Tobias et quelques hommes partent en avant, la hache à l'épaule, pour nous frayer un passage.

Les bois résonnent du bruit du métal cognant les troncs. La progression ralentit, jusqu'à s'interrompre presque totalement. Il fait chaud sous la voûte des feuilles, où ne passe qu'un maigre souffle de vent ; les nombreux insectes piquent, ils deviennent gênants.

Je serais incapable de dire combien de jours se sont écoulés ainsi. Nous avons de la nourriture en abondance, et il est possible de s'en procurer encore plus dans la forêt, mais les Indiens ont prouvé leur mérite.

Sans eux, nous serions morts de soif. Les bois si épais et fournis sont un désert pour nous, tandis que ces hommes savent où se trouve le plus petit ruisseau ou la moindre source de la région. Ils ont aussi emmené les hommes chasser, ajoutant du gibier et de la dinde à notre ordinaire. Ils apportent d'autres choses encore : des noix, des fruits et des herbes comestibles.

Nous voyageons tous les jours jusqu'à ce que la lumière commence à baisser. Le haut des frondaisons cache le soleil pendant la journée, mais les troncs sont nus, au-dessous d'un certain niveau. Quand le soleil plonge vers l'horizon, il filtre au travers, en fins pinceaux de lumière jaune, orange ou rousse. Les ombres s'étalent et s'allongent ; c'est le signe que nous devons nous hâter d'installer le camp pour la nuit. Quand le dernier rayon de lumière a disparu, l'obscurité est totale. Là où nous sommes, il n'y a ni lune, ni étoiles.

La peur grandit au moment où la nuit tombe, très vite, et nous engloutit. Peur de l'inconnu. Peur de l'obscurité. C'est assez pour ébranler la foi la plus forte. Elias Cornwell prie pour que nous soyons protégés, pour qu'aucun mal ne nous arrive.

« Oui, même si je traverse la vallée de l'ombre… »

Et même sa voix à lui tremble.

Nous sommes véritablement dans la jungle. Des cris stridents et des hululements déchirent la nuit. Ce sont des cris de créatures inconnues de nous, que l'on n'entend plus en Angleterre depuis les temps anciens. Les hommes prennent la garde à tour de rôle, le mousquet prêt à tirer, car les dangers sont bien réels. Ces bois abritent des loups, des ours et des lynx.

La forêt est aussi le royaume de Satan et, contre lui et ses troupes, les fusils n'offrent aucune protection. « Seules les prières peuvent nous protéger d'eux », nous rappelle Elias Cornwell ; mais, malgré ses sermons, des histoires de toute sorte gagnent en vraisemblance et circulent de plus en plus. Des histoires entendues à Salem – histoires d'hommes noirs et d'esprit des forêts – et d'autres, originaires de notre pays natal, parlant d'elfes et de lutins, et de toutes sortes d'êtres maléfiques guettant en dehors du cercle protecteur de la clarté des flammes.

Nous campons en cercle serré, le dos à la forêt et le visage vers le feu. Les Indiens se tiennent un peu à l'écart. Leur petit feu perce la grande obscurité d'une fine étincelle. Ils sont chez eux dans la forêt. S'ils sentent une menace autour d'eux, ils n'en montrent rien ; ils courbent de jeunes arbustes pour en faire une charpente qu'ils recouvrent d'un toit de fougères et de feuilles sèches. Le matin, lorsqu'ils quittent le campement, il n'y a plus derrière eux la moindre trace de leur passage.

J'ai grandi au fond des bois et je n'ai pas peur de la forêt comme les autres. Jonas non plus. Il a voyagé en Russie et en Bohême et m'assure que les forêts y sont tout aussi impressionnantes. La forêt ne recèle rien qui le terrorise, lui. Il la trouve intéressante. La nuit, il se faufile vers le campement des Indiens. Ils sont les seuls à pouvoir lui parler des plantes qu'il trouve dans la forêt, des plantes qu'il n'avait jamais vues auparavant. Il veut connaître le nom qu'ils leur donnent, l'usage qu'ils en font. Il passe de longues heures avec eux ; puis il revient et note leurs réponses dans son livre, ajoutant des petits croquis des vêtements qu'ils portent et des abris qu'ils fabriquent.

Pour beaucoup de nos compagnons de voyage, les Indiens sont tous les mêmes, tous des sauvages, mais Jonas m'explique que les indigènes de la Nouvelle-Angleterre sont divisés en nations. Ils utilisent le même type de mots et de langue ; seules quelques expressions diffèrent, comme c'est aussi le cas en Angleterre. Ces deux-là sont des Pennacook dont la tribu vit un peu plus au nord. Le garçon a été élevé par des Blancs, c'est pourquoi son anglais est aussi bon. Son grand-père parle très peu notre langue, mais c'est lui qui connaît le nom des plantes et décrit leurs propriétés et le garçon lui sert d'interprète.

Certains soirs, même Jonas est trop fatigué pour faire autre chose que dormir. Le voyage est éprouvant. Chaque jour apporte son lot de nouveaux problèmes : rivières, terrains accidentés ou marécageux à traverser, collines à escalader ou passages à défricher.

Il y a de plus en plus de pieds blessés ou trop faibles pour continuer à marcher, mais monter sur les chariots alourdit la charge des chevaux et des bœufs, et c'est un privilège réservé à très peu de gens. Néanmoins, nous progressons, mille après mille, nous frayant un chemin à travers la jungle avec une détermination que même les Indiens admirent.

Hier soir, juste à la tombée de la nuit, nous sommes arrivés à une clairière, lieu surélevé propice à l'installation du camp pour la nuit ; de là, les arbres se déployaient dans toutes les directions, une étendue aussi vaste que l'océan que nous avons traversé pour arriver ici. Pendant que nous regardions autour de nous, les nuages se sont déchirés et un rai de lumière est arrivé de l'ouest. Les derniers rayons de soleil se sont éteints dans un flamboiement rouge et or, derrière une colline à quelque distance.

« Regardez ! Regardez ! »

Un cri a résonné, puis un autre. Tous sont accourus pour voir ce qui se passait.

De la fumée s'élevait, en fines volutes, dans le ciel. C'étaient les premiers signes d'habitation humaine que nous voyions. Certains ont pensé qu'il s'agissait peut-être d'un village indigène, mais les Indiens ont secoué la tête.

« Le feu des Blancs », a dit le plus jeune, et il s'est détourné dans la direction opposée.

« C'est Beulah. C'est le lieu que vous cherchez. »

Les voix se sont élevées pour louer le Seigneur et beaucoup ont pleuré, tombant dans les bras les uns des autres. D'autres se sont agenouillés, et ont croisé les doigts. Bien que de telles façons de prier soient mal vues, les vieilles habitudes sont dures à perdre. Elias Cornwell n'a pas réprimandé ses ouailles, comme il l'aurait fait en d'autres circonstances. Il s'est joint aux réjouissances, le visage transfiguré, baigné de larmes.

« Nous sommes parvenus à la délivrance. Devant nous se tient la cité sur la colline. Beulah, la fiancée de Dieu. »

***

La colline est plus éloignée qu'il n'y paraissait. À première vue, on aurait pu la croire assez proche pour la toucher à bout de bras, mais l'étrangeté de la lumière, jointe à l'espoir et à l'anticipation, raccourcissait la distance. Une chaîne de collines nous séparait de Beulah. Bien des milles, encore, de voyage malcommode, avant d'arriver à destination.

***

Dès que nous avons quitté le sommet de la colline, notre but a disparu totalement, avalé par la masse infinie des arbres. Juste au moment où je craignais que sa vision n'eût été rien d'autre qu'une illusion, les arbres ont commencé à s'espacer. Le chemin s'élargissait. On voyait à certains signes que des haies avaient été taillées. La surface en était nivelée, les ornières les plus profondes comblées. On distinguait des marques de sabots récentes, mais elles appartenaient à nos cavaliers, envoyés en éclaireurs pour avertir de notre arrivée. À part cela, aucune autre trace. L'herbe et les plantes folles y poussaient librement, la route semblait peu utilisée.

Tout autour, les arbres étaient morts ou presque. Phénomène pour le moins étrange : pourquoi tous les arbres mouraient-ils en même temps ? Jonas a montré du doigt des anneaux autour des troncs, là où d'épaisses bandes d'écorce avaient été découpées. Entailler les troncs de cette façon les fait mourir, les rendant plus faciles à abattre. Une astuce apprise des Indiens pour défricher la terre et pouvoir ensuite l'ensemencer. Nous approchions de la colonie.

Nous avons poursuivi notre voyage sans les petits sons qui nous accompagnaient depuis si longtemps : brusques appels des oiseaux, bruits des animaux dans les feuilles. Le silence emplissait les bois. On entendait seulement le bec des piverts contre les troncs. C'était irréel et passablement sinistre, comme si nous avancions sur une route seulement fréquentée par des fantômes.

La colline se dressait devant nous ; à ses pieds serpentait une rivière. La colonie s'y étalait depuis le sommet, petites maisons ponctuant le flanc de la colline, fumée montant en volutes au-dessus des cheminées. Tout autour, la forêt avait été abattue et la terre cultivée. Hommes et femmes étaient penchés sur leur travail : un homme sur un toit martelait un auvent, une femme étendait sa lessive, d'autres sarclaient et binaient, marchant dans les sillons, vérifiant la croissance des hautes tiges de maïs. Ils baignaient dans une lumière dorée et ne nous avaient pas vus venir. Un instant, nous sommes restés en spectateurs, comme si, après tant de semaines de voyage, quelque chose nous retenait encore.

Puis quelqu'un a levé la tête et lancé un appel. Son cri a gagné en intensité, repris par une personne, puis une autre. Des silhouettes ont remonté la pente en courant pour répandre la nouvelle et en ont croisé d'autres qui descendaient. Notre colonne s'est éparpillée.

Les bébés et les enfants ont été pris dans les bras et tout le monde s'est mis à courir, les jeunes comme les vieux, les jambes fatiguées retrouvant toutes leurs forces. Ils se sont rejoints entre le village et la forêt ; vieux amis, voisins, connaissances, tombant dans les bras les uns des autres pour pleurer et remercier Dieu ensemble.

Je suis restée près de Tobias et de Jonas. Nous nous sommes mis à l'écart, nous contentant d'observer. Il n'y avait personne pour nous accueillir, personne pour venir à notre rencontre. Le jeune Indien et son grand-père se tenaient également à distance. Ils regardaient dans la direction du village, lorsque le vieil homme a murmuré quelque chose dans sa propre langue. Cela ressemblait à une prière, mais cela aurait aussi bien pu être un sort ou une malédiction. Je n'avais aucun moyen de le savoir. Il a brièvement hoché la tête en direction de Jonas, puis ils ont fait demi-tour, disparaissant dans la forêt aussi discrètement qu'ils en étaient sortis.

L'Installation

Tout n'est pas que joie. Martha trouve une de ses sœurs au cimetière et l'autre a beaucoup changé. Petite Annie est devenue maîtresse Anne Francis, en se mariant à Ezekiel Francis, membre du Conseil des Élus. Au pays, d'après Martha, Ezekiel Francis n'était guère qu'un employé de ferme, mais ici, il est propriétaire d'un lot de terres important. C'est l'un des chefs de la ville, et il est clair que maîtresse Anne attend de sa sœur qu'elle fasse office de servante, avec moi en prime, pour faire bon poids.

« Je n'ai pas traversé l'océan pour cela. Toi non plus. Je croyais qu'on était libre, ici », me dit Martha.

Jonas dit que nous pouvons venir vivre avec Tobias et lui. Martha peut tenir la maison, et elle aura la moitié des revenus, ce qui paraît honnête. Aucun de nous ne veut finir domestique. Cela ne plaît guère à la sœur de Martha, mais elle ne peut rien y faire.

D'autres aussi sont déçus. John Rivers espérait retrouver ses frères, et il apprend qu'ils ont poursuivi leur chemin. Lorsqu'il demande dans quelle direction, les hommes de la ville sont incapables de le lui dire. Quand il tente de savoir pourquoi ils sont partis, ils se bornent à hausser les épaules en lui disant : « Tout le monde ne peut pas vivre ici. »

Sarah a retrouvé de la famille, sa sœur et son beau-frère qui ont une bonne situation en ville, mais à un moment donné, semble-t-il, les Rivers ont pensé eux aussi à reprendre la route. Finalement, ils ont décidé de rester. Sarah dit qu'ils ne peuvent pas errer éternellement dans la colonie à la recherche des frères de John. Elle est lasse de voyager, les enfants ont besoin d'une maison. Ils ne manqueront pas de terres, ici. Il y en a autant qu'en veulent ceux qui sont prêts à les cultiver. Rebecca me dit que son père n'est quand même pas tout à fait heureux. C'est un homme très réfléchi qui aime bien avoir des réponses ; ses frères savaient qu'il allait venir. Il est fâché qu'ils soient partis sans l'attendre, sans laisser un mot. Mais la saison est déjà avancée, et comment savoir où ils ont pu aller ?

Sa femme et Rebecca le persuadent de rester.

J'en suis contente. Rebecca est la seule vraie amie que j'aie jamais eue, et elle me manquerait. Tobias n'est pas très bavard, mais je sais qu'elle lui manquerait à lui aussi.

Septembre 1659

Les Vane et les autres ont de la famille pour les aider à bâtir leur maison pour l'hiver. Les Vane vivent sur un terrain proche d'un véritable petit village, dirigé par Jethro Vane, citadin important et dirigeant du clan. C'est un homme cupide et querelleur. Il a déjà contesté l'octroi d'une partie du terrain qu'on nous a imparti. Son titre n'apparaît sur aucune carte, sa réclamation ne peut donc avoir de suites, mais cela ne l'empêche pas de se plaindre. Il possède un grand nombre de porcs irritables, qui errent où bon leur semble ; je crois qu'il les lâche délibérément pour qu'ils piétinent le terrain que Martha réserve pour son jardin. Tobias a promis de construire une barrière pour les tenir à l'écart. En attendant, l'une de mes tâches consiste à les chasser.

N'ayant pas de parents pour nous aider, nous devons nous relayer les uns les autres, et il y a beaucoup de travail. Nous n'avons guère le temps de construire des maisons. Deux mois, trois tout au plus avant l'arrivée de l'hiver. La portion de terrain qui nous a été allouée est vaste, mais une partie doit être prise sur la forêt et défrichée, le reste dépierré et labouré.

Il y a beaucoup à faire, mais personne n'a le droit de travailler le dimanche. Le septième jour est strictement observé. « Six jours tu travailleras et accompliras toute ta tâche ; mais le septième jour est le sabbat du Seigneur ton Dieu : tu n'y travailleras point. » On respecte le temps du Seigneur, ici. Le dimanche, aucun travail ne peut se faire, aucun feu n'est allumé, pas de cuisine. Les animaux doivent trouver leur fourrage eux-mêmes. La plus grande partie de la journée se passe à la Maison des assemblées, au sommet de la colline.

Toutes les routes y mènent, comme les rayons d'une roue. C'est le bâtiment le plus imposant de la ville. Bâti en carré, face au sud, avec un toit à quatre versants et une tourelle centrale. Il est construit sur une plate-forme en dalles de pierre, massives et usées par le temps. La construction est ainsi comme soulevée du sol. Des marches de pierre, posées l'une sur l'autre, conduisent aux portes.

Les murs sont en planches de bois brut, non peintes ; d'un côté, des trophées, des têtes de loup, y sont cloués.

Elles sont disposées en rangées irrégulières, le sang des bêtes tachant le bois de traînées rousses et cramoisies. Elles sont là pour nous rappeler les dangers qui nous guettent dans la forêt, et pour montrer aux loups qui est le maître ici. Je ne sais trop pourquoi, mais ces têtes de loup me fascinent. Je n'avais jamais vu de loup auparavant, vivant ou mort. Ceux-ci sont aussi morts qu'il est possible de l'être. La pourriture en a réduit certains à des boules de poils informes, rendues méconnaissables par les intempéries et mangées aux vers. D'autres têtes sont plus fraîches, conservant quelque chose d'impressionnant et de féroce. La fourrure en est sèche et la mort a déposé sur les yeux fixes un voile d'un bleu opaque, mais les dents sanguinaires inspirent toujours la méfiance.

« Celui-là, c'est moi qui l'ai eu ! »

En me voyant regarder les trophées, un vieil homme m'en a fièrement montré un du doigt, puis, retournant son doigt vers lui :

« Vieux Tom Carter. J'l'ai piégé bel et bien. »

Je le connais. Il vit en pleine forêt. Il ne lui reste pratiquement plus une dent, et il sent l'alcool rance, entre autres choses.

J'ai pris sa cabane pour une meule de foin, la première fois que je l'ai vue. Ce n'est guère plus qu'un terrier fait de boue et de chaume.

« T'es une nouvelle ? »

J'ai hoché la tête.

« J't'aurais pas vue dans la forêt ? »

J'ai hoché la tête à nouveau. Je m'étais aventurée là-bas, une fois ou deux, dans le but d'explorer.

« Alors, garde l'œil bien ouvert, ma p'tite demoiselle. »

Du menton, il a désigné la tête de loup.

« L'a point l'air bien plus gros qu'un chien, pas vrai ? Mais faut pas s'y tromper. Ce qu'ils ont pas en taille, ils le rattrapent en sauvagerie. Ils vous ont sauté dessus et arraché la gorge avant que vous ayez pu sortir un son. »

La porte de la Maison des assemblées est couverte d'annonces : certaines toutes nouvelles, écrites depuis peu, d'autres vieilles, papier jauni, écriture à peine lisible. Annonces de mariage, règles et interdictions multiples.

La ville est régie rigoureusement selon les lois de Dieu. Quiconque désobéit peut se retrouver au cachot, ou fouetté, ou contraint de rechercher un autre lieu de résidence.

L'office du dimanche est fréquenté par tous, et il n'y a pas d'exception. La punition pour absence est l'expulsion. Non seulement de l'Église, mais de toute la communauté. Les sermons durent des heures. Maintenant qu'Elias Cornwell est devenu le Aaron du Moïse révérend Johnson, ils prêchent souvent l'un après l'autre.

Nous sommes assis en rang, sur des bancs de bois, les femmes et les enfants d'un côté, les hommes de l'autre. Nous devons rester raides comme des piquets. Quiconque s'affale, quiconque pique du nez est gratifié d'un coup dans le dos ou d'une forte tape sur le crâne assénés par l'un des connétables.

Le révérend Johnson est acclamé comme un prophète.

Les gens qui sont venus ici avec lui le vénèrent presque comme un dieu. Ils sont suspendus à ses lèvres et boivent le moindre de ses discours. Ses mots sont la parole de Dieu, et la parole de Dieu a force de loi. Ils prennent souvent ses sermons en note, pour les relire plus tard. Je suis assise, tête baissée, et je gribouille tant et plus, mais j'écris dans un autre but. Un grand œil est peint sur la chaire. Dieu nous observe sans relâche. J'ose tenir mon journal sous Son regard.

Le révérend Johnson ressemble bien un peu à un prophète, avec ses cheveux longs, et sa longue barbe saillante. À part cela, il est carré, épais de poitrine, et de constitution massive. On dirait plus un forgeron qu'un homme d'église. La main avec laquelle il assène des coups sur le rebord de la chaire est aussi épaisse qu'un jambon et aussi poilue qu'un porc.

Je ne l'aime pas. Je n'aime pas ses yeux. Ils sont très noirs, on dirait des trous entre ses sourcils broussailleux et le début de sa barbe, aussi froids et vides que les barillets d'un mousquet. J'essaie de les éviter lorsqu'ils regardent dans ma direction. Je ne veux pas qu'il me remarque.

Je m'assieds à côté de Martha. Les nouveaux venus ont été placés sur la droite, au fond, près des grandes doubles portes. Il y aura des courants d'air en hiver, mais cette place me convient. C'est aussi près de l'extérieur que j'ai envie de l'être.

La femme du révérend Johnson et ses enfants occupent le premier rang. La bonne épouse Johnson est aussi maigre que son mari est trapu. Elle est debout, une main sur la hanche, le visage pâle, presque gris.

Elle a la bouche pincée comme si elle suçait du citron ou luttait contre la nausée. Martha chuchote qu'elle est peut-être enceinte et, dans le même souffle, qu'elle espère que non. Les enfants assis en rang à côté d'elle doivent être au nombre de dix, depuis une fille de quatorze ans à peu près, jusqu'aux tout-petits qui trébuchent encore.

« Pas avec la couvée qu'elle a déjà. Et il y en a quelques-uns de plus enterrés au cimetière, pauvres petits mioches ! »

Le chuchotement de Martha est à peine un murmure, mais l'un des connétables fronce les sourcils dans notre direction. La sœur de Martha est assise au deuxième rang, devant, avec les épouses des autres élus. Elle en est très fière, et se retourne pour nous grimacer un sourire au moment où nous entrons.

Les Rivers, Sarah, Rebecca et les enfants, sont assis devant nous. John est de l'autre côté, mais plus près du premier rang. Bien que trop fraîchement arrivé pour avoir voix au chapitre, John Rivers est un aîné dans sa propre congrégation, et il est très respecté.

Elias Cornwell descend de chaire. Le révérend Johnson monte pour parler.

« Souvenez-vous de ce jour où vous êtes sortis d'Égypte... Nous sommes le peuple que Dieu a choisi, le peuple élu de Dieu, tout comme les Israélites. N'avons-nous pas souffert dans le désert ? N'avons-nous pas été guidés sur le chemin ? N'avons-nous pas vu un rayon brillant comme le doigt de Dieu... nous indiquant ce lieu ?

Nous avons trouvé une colline déjà aplanie sur laquelle

nous pouvions construire notre cité. Nous y sommes arrivés affamés et nous y avons trouvé nourriture. Nous n'avions qu'à gratter la terre et les bonnes choses nous ont été données en abondance, nous permettant de vivre tout l'hiver sans manquer de rien. Nous avons trouvé ici des prairies, de bons pâturages et de l'eau douce en quantité suffisante pour que les hommes et les animaux prospèrent. Ce sont les signes de la Providence divine et du soin qu'Il prend de nous. Nous avons appelé ce lieu Beulah, fiancée de Dieu. Nous attendons Sa venue, et, je vous le dis, ce ne sera pas long. Car Satan est apparu dans Son royaume. Il règne partout. Ses armées nous cernent de toutes parts, même ici, dans la Nouvelle-Angleterre. »

Il tourne sa tête broussailleuse et dirige ses sourcils noirs vers nous, les nouveaux arrivants.

« Nous vous souhaitons la bienvenue parmi nous, frères et sœurs, et nous nous réjouissons de vous voir arrivés jusqu'à nous sains et saufs – mais si vous pensiez laisser le diable là d'où vous venez, vous vous trompiez. Si nous avons l'espoir du salut, nous devons sans cesse rester vigilants. Ne savez-vous pas que le Malin est immensément fort et rusé ? Ne savez-vous pas que les Indiens sont ses alliés, et lui rendent un culte dans la forêt ? Ses troupes sont à l'affût. Elles sont même ici parmi nous, aussi visqueuses que des serpents, rapides et invisibles, se cachant dans les recoins du mur, comme de viles choses rampantes... »

Enfin, nous sommes sortis, les uns derrière les autres, pour regagner notre maison à moitié construite. Nous ne pouvons pas travailler, mais je vois que Tobias a les mains qui le démangent, tant il a hâte de reprendre le rabot, la scie et le marteau. Et c'est pareil pour John Rivers. Jonas préférerait sans doute travailler dans son jardin mais, comme il ne peut pas faire cela non plus, tous restent debout, ensemble, les mains enfoncées dans leurs poches de pantalon, à contempler la charpente à moitié finie et le terrain à moitié bêché.

Nous bâtissons nos maisons ensemble, côte à côte. Nouveaux arrivants, on nous a donné des terrains éloignés du centre, près de la lisière de la forêt. Notre plus proche voisin est ce vieil homme, Tom Carter. Mais nous ne faisons pas comme lui. Nous bâtissons en bois, une construction faite pour durer.

Tobias et John se chargent des travaux les plus durs, ils abattent les arbres, les tirent et les scient. Joseph, le plus grand des fils de John, treize ans, travaille comme un homme, avec son père. Parfois, d'autres viennent les aider. Tout le monde doit avoir un abri avant l'hiver. C'est important pour la colonie. Jonas donne des conseils sur la façon de construire. Les maisons bâties suivant ses instructions diffèrent des autres. Il conseille d'utiliser de solides troncs d'arbre équarris et de bien ajuster les planches en colmatant les fissures avec de la mousse. Il l'a vu faire en Bohême, et cela ajoute au confort des maisons, en hiver.

Tandis que l'été fait lentement place à l'automne, nous ne cessons de penser à l'hiver, car il est rude ici. D'ici là, le travail doit être fini, sans quoi nous mourrons de froid, et les animaux avec nous. John suggère de construire un enclos couvert près de la maison, pour qu'ils soient protégés et au chaud. Ils mourraient si on les laissait aller libres dans les champs ou dans la forêt, et ils seront facilement accessibles si la neige est épaisse et s'il devient éprouvant et pénible de faire quelques pas hors de la maison.

En plus des poules de Martha, qui pondent bien et se multiplient, nous avons maintenant une vache et une truie. Tobias a échangé quelques-uns des outils qu'il avait en double, et Jonas est apothicaire. Comme il n'y a pas de médecin ici, les gens ont commencé à venir le consulter et le paient en nature.

Nous avons travaillé sans relâche ; il y a encore à faire, mais la maison des Rivers est finie. Nous y vivons tous, entassés les uns sur les autres, jusqu'à ce que l'autre logis puisse être achevé.

J'ai commencé à me rendre dans la forêt pour y ramasser la mousse qui servira à la construction de la maison, et des plantes pour Jonas. Martha et lui plantent un jardin d'herbes médicinales. Tobias est en train de le clôturer pour le protéger des porcs, et ils préparent des plates-bandes pour les graines et plantent des boutures amenées du pays. Sauge, thym et romarin sont plantés en pots afin de pouvoir être rentrés au moment des gelées ; matricaire, brunelle, oseille, herbe aux vers, pivoines et coquelicots seront semés au printemps. Les connaissances de Jonas sont vastes, mais il apprend de Martha, prenant note de ce qu'elle lui dit, quand il s'agit de quelque chose qu'il ne connaissait pas.

« Mais que voulez-vous donc que je vous dise, mon cher ? Je ne suis qu'une simple paysanne, prétend Martha en feignant l'agacement.

– Vous en savez long, répond Jonas, l'œil brillant. Beaucoup plus que bien des docteurs en sciences naturelles londoniens. »

Martha proteste que non, rougit et lui dit de passer son chemin, mais je vois bien qu'elle se sent flattée par ses compliments. Elle l'aide bien volontiers en puisant dans la grande réserve d'usages que sa mère lui a légués, usages que cette dernière tenait elle-même de sa propre mère, mais que personne n'a encore jamais écrits.

Jonas a l'intention d'écrire un livre : *L'Histoire complète des herbes et des plantes de l'Ancien et du Nouveau Monde.* Pour l'instant, ce n'est qu'un grand fouillis de papiers serrés dans une couverture en carton. Toute sa vie, il a ramassé des plantes, les a dessinées et décrites, et a établi la liste de leurs propriétés. Il a fait cela dans tous les pays où il a voyagé et a bien l'intention d'en faire autant ici.

Il explore la forêt et je l'accompagne. Nous suivons notre instinct, en nous appuyant sur des ressemblances ; ou bien nous ramassons tout ce qui nous paraît curieux et intéressant. Il y a certaines plantes que nous connaissons déjà, elles diffèrent juste légèrement par la taille de celles que nous faisions pousser chez nous. D'autres sont connues de

Jonas, les Indiens lui en ayant parlé pendant le voyage qui nous a menés jusqu'ici; ou bien parce que ce sont des plantes que M. Tradescant a rapportées de Virginie. Pour beaucoup d'entre elles, nous n'avons pas le moindre indice, pas même un nom, et nous ignorons donc tout de leurs propriétés. Ce sont précisément celles-là qui l'intéressent. Il voudrait que son livre soit le premier à en répertorier les vertus et les usages.

« C'est l'une des raisons pour lesquelles je suis venu ici, Mary. C'est le travail de toute ma vie, vois-tu ? »

Je ne vais pas toujours dans la forêt avec Jonas. Parfois j'y vais toute seule. Ce sera bientôt le plein automne. Les journées sont toujours chaudes mais il commence à faire plus froid la nuit. On a besoin de Jonas pour aider à la construction du bâtiment, qui doit être fini avant l'arrivée de l'hiver. Les bois regorgent de butin. Je pars en quête de fruits, de noix, de champignons, tout ce qui peut grossir nos provisions. Et je dois confesser une chose terrible. J'ai un très grand secret. Si quelqu'un le découvre, je serai punie sévèrement.

J'ai pris l'habitude de porter des vêtements de garçon quand je m'aventure seule dans la forêt.

Les chemins sont petits et étroits, les ronces et les brindilles s'accrocheraient au bas de ma longue jupe, arracheraient mon bonnet, déchireraient mon corsage, si bien que j'ai volé un pantalon de Joseph que Sarah avait mis de côté pour le raccommoder, avec un chapeau appartenant à Tobias, et un solide gilet de cuir de Jonas. Je les garde cachés, enveloppés dans une toile cirée, au fond d'un arbre creux.

Aujourd'hui, la journée était claire et chaude, et je me suis aventurée loin, plus loin que jamais auparavant. Je me suis promenée jusqu'en début d'après-midi. Il faisait très chaud sous les arbres, sans le moindre souffle d'air, et mon sac devenait de plus en plus lourd. Je pensais à repartir, ou du moins à m'arrêter un moment, quand je me suis trouvée devant un grand étang si recouvert par la végétation que je suis presque tombée dedans.

L'eau en semblait fraîche et j'ai descendu la pente jusqu'à un grand rocher arrondi qui en dépassait comme une plate-forme, éclairé par le soleil. J'ai tendu la main pour prendre de l'eau dans ma paume et la boire. L'eau froide, mais pas glacée, était douce au toucher. J'avais chaud, j'étais en sueur sous mes vêtements, comme je l'avais été tout l'été. Les journées sont chaudes et nous travaillons dur. Combien de fois n'avais-je pas rêvé d'un bain ? Mais il y a si peu d'intimité que se laver plus que les mains est presque impossible.

J'ai regardé autour de moi. Je n'avais vu personne de toute la matinée, et j'étais à des milles du village. J'ai rapidement retiré mes vêtements et je me suis glissée dans l'eau. La sensation était douce, l'eau s'enroulait autour de mon corps comme de la soie vert sombre. Je n'avais pas de savon, mais je me suis frottée du mieux que j'ai pu. J'ai lavé mes cheveux en les tordant. J'ai nagé jusqu'au milieu de l'étang et me suis laissée flotter, regardant les feuilles et le soleil à travers les arbres. Quand j'ai commencé à avoir la chair de poule, je me suis hissée hors de l'eau et me suis étendue sur le rocher inondé de soleil.

J'ai dû m'endormir, car, à mon réveil, le soleil n'était plus à la même place dans le ciel. Je me suis souvenue où j'étais et j'ai saisi mes vêtements en toute hâte. Ils formaient un petit tas dont, quand je l'ai soulevé, quelque chose est tombé. Un petit paquet de feuilles qui avaient quelque chose de savonneux, de cireux, au toucher. Je les ai serrées fort dans ma main. Elles n'étaient pas là avant que j'aille dans l'eau. De cela, j'étais certaine. Je ne les avais jamais vues. Comment étaient-elles arrivées là ?

J'ai regardé autour de moi. Il n'y avait pas le moindre signe de présence. Tout était silencieux. Le lac était aussi immobile qu'un miroir. Un cri soudain me fit sursauter. C'était un geai, rien d'autre. Les geais, ici, sont d'un bleu brillant, et leur cri est plus doux que celui des geais de chez nous. Je m'attendais à voir l'éclat coloré de ses plumes, mais je ne vis rien. J'entendis seulement le cri à nouveau. Il résonnait comme un rire faisant écho dans le silence des bois.

J'ai pris le petit paquet de feuilles et l'ai glissé dans ma besace.

Pendant tout le chemin du retour, j'ai eu l'impression

d'être observée. Je sentais des picotements sur ma peau et c'est un signe qui ne trompe pas, mais je n'ai rien vu. D'abord, j'ai pensé que c'était quelqu'un de la colonie. Je me suis hâtée vers mon arbre creux, en ayant peur d'avoir été découverte. Mais quand les hommes s'aventurent bel et bien dans la forêt pour chasser ou pour abattre des arbres, ils font assez de bruit pour être entendus à des milles à la ronde. Pour un peu, je me serais mise à croire aux esprits.

Jonas s'est montré très intéressé par ma nouvelle plante. Il en a retourné les feuilles dans ses mains, les a examinées à la loupe avant de déclarer que c'était une sorte de saponaire. Il pensait que cela pourrait être utile, en l'absence de vrai savon. Il m'a demandé où je les avais trouvées.

« Près d'un lac, ai-je dit, le rouge me montant au visage.
– Hum, hum, bon, bon. »

Jonas n'a pas remarqué que j'avais rougi. Il a aplati une feuille avec soin et a commencé à la reproduire dans son manuel, *Herbes*, en me faisant promettre de lui montrer l'endroit où elles poussaient.

J'ai hoché la tête, en me demandant bien comment je le pourrais, puisque je n'en avais aucune idée.

La fois suivante, en allant dans la forêt, j'ai de nouveau senti le picotement sur ma peau. Je me suis arrêtée pour écouter et regarder alentour, mais je ne suis parvenue à voir personne, ni à entendre quoi que ce soit d'extraordinaire. J'ai poursuivi mon chemin en feignant l'insouciance, mais tous mes sens étaient en alerte. Toujours pas le moindre indice.

Il est apparu si brutalement que je l'ai vraiment pris pour un esprit, et j'ai reculé, manifestant de la peur malgré moi.

C'était le jeune Indien, celui que j'avais vu à Salem, celui qui nous avait servi de guide et aidés à arriver jusqu'ici. Il portait un petit arc d'une main, et un carquois de flèches en bandoulière. Il tendait vers moi son autre main, la paume ouverte, pensant sans doute que je m'enfuirais en courant devant lui, détalant comme un animal surpris, comme l'aurait fait Deborah, ou Sarah, ou n'importe laquelle des autres filles du village. Mais elles ne se seraient jamais aventurées si loin dans la forêt. Elles se cantonnent à la lisière, regardant à travers les arbres comme des enfants effrayées. Je ne suis pas comme elles. Une fois retrouvé mon sang-froid, je suis restée là où j'étais.

« Je n'ai pas peur. Que voulez-vous ? »

Il a haussé les épaules et baissé les yeux. Des yeux aux cils longs et épais, comme ceux d'une fille. Il a frôlé les lignes noires peintes sur ses joues. Puis il m'a regardée de nouveau, les yeux pleins de malice.

« Je t'ai vue très souvent. J'ai cru d'abord que tu étais un garçon. Mais ensuite… »

Si c'était lui qui avait laissé les feuilles de saponaire au bord du lac, alors il devait m'avoir vue…

Je l'ai regardé fixement, les yeux arrondis, plus horrifiée par cette idée que par son poignard, son arc ou son apparence farouche. Son rire a résonné et, des profondeurs des bois, un geai puis un autre lui ont répondu. Il a ri encore plus, tandis que le souvenir me faisait affluer le sang au visage. J'ai fait demi-tour pour m'enfuir en courant, mais il était trop rapide pour moi.

« Reste ! »

Il m'a attrapée par le bras.

« Les filles et les femmes de notre peuple vont souvent nues – ça n'a pas d'importance…

– Ça en a pour moi. »

Je me suis dégagée et me suis mise à courir aussi vite que j'ai pu.

« Attends, arrête ! a-t-il crié derrière moi. Toi et le vieil homme, Jonas… »

Je n'ai pas entendu le reste. J'ai seulement continué à courir jusqu'à ce que je retrouve mon arbre creux.

***

Jonas a eu un accident. Il aidait Tobias et John à la scierie, quand un tronc qu'ils étaient en train de déplacer a glissé et lui est tombé sur la cheville. Son pied a pris une mauvaise position et Martha pense que l'os est peut-être cassé, mais c'est impossible à dire car sa cheville a terriblement enflé. Martha lui donne du coquelicot pour soulager la douleur, mais il lui faudrait de l'herbe de Saint-Jean, de la bryone, du laurier, du fenouil, de la consoude et de la scabieuse pour confectionner un cataplasme. Rien de tout cela ne pousse ici. Je ne sais que faire.

Martha a fait tout ce qu'elle pouvait avec sa réserve de remèdes, mais Jonas a de la fièvre et son pied noircit. Il n'y a pas de médecin au village, et ils sont très rares dans toute la colonie. Personne ne sait où en trouver un qui accepte de venir jusqu'ici. Personne ne voit d'ailleurs le besoin qu'on en a, malgré l'état pitoyable de Jonas. Le révérend Johnson dit que la chose est entre les mains de Dieu.

Tobias s'apprête à partir à cheval. Nous n'en avons pas, mais John Rivers a proposé le sien. Cependant, c'est déjà l'après-midi, et John pense qu'il vaudrait mieux partir tôt demain matin. Nous sommes démunis, il est certain que si Jonas ne reçoit aucune aide, il perdra son pied, et peut-être bien la vie. Martha se mord la lèvre. Elle pense que nous avons déjà trop tardé. Je le vois dans ses yeux.

Je ne peux pas rester à l'intérieur plus longtemps.

Je vais prendre ma besace et aller en direction de la forêt. Ramasser des herbes, maintenant, n'est plus seulement affaire de curiosité ou de découverte scientifique, c'est une question de vie ou de mort.

J'ai pris des sentiers que personne n'avait empruntés et des voies inconnues. Je n'ai pas peur de me perdre. J'ai grandi dans la forêt, amie des enfants des bûcherons et des charbonniers. Je vais mon chemin.

Je n'ai pas tout de suite vu le jeune Indien, mais cela ne veut pas dire qu'il n'était pas là. J'ai marché jusqu'à ce que je sente de nouveau le picotement sur ma peau. Nous avions joué jusqu'à présent à ce petit jeu du chat et de la souris, mais maintenant, il fallait que cela cesse.

Je lui ai crié de se montrer.

« Que veux-tu ?

– J'ai besoin de ton aide. »

J'ai expliqué notre problème.

Il a écouté attentivement.

« Mon grand-père se souvient de Jonas. Il pense que c'est un homme bon. Pas comme les autres. Un guérisseur, comme lui. Mon grand-père est un *Poh-woh*. »

Il a froncé les sourcils en essayant de trouver une façon d'expliquer.

« Plus qu'un guérisseur, un guide des esprits.

– Comme un prêtre ?

– Pas comme John-Son. »

Il a prononcé le nom en en séparant les deux syllabes, comme s'il s'agissait de deux noms différents.

« Mon grand-père a deviné ce que Jonas faisait dans la forêt et m'a envoyé pour aider. J'ai laissé la saponaire en cadeau. Puis, quand je t'ai de nouveau rencontrée, tu t'es enfuie.

– Est-ce que vous nous aiderez, maintenant ?
– Je demanderai à mon grand-père. Il saura ce qu'il y a de mieux à faire.
– Conduis-moi vers lui.
– Non. C'est impossible. C'est moi qui viendrai te voir.
– Quand ?
– Bientôt. »
Il avait disparu avant que je puisse lui poser une autre question.

***

Jonas ne va pas mieux. Sa fièvre monte et son pied noircit de plus en plus. Il a même été transporté de chez les Rivers dans la maison qu'il était en train de construire avec Tobias. C'est une coquille vide mais, au moins, c'est calme et sans enfants. Martha est à son chevet, tandis qu'il tourne et se retourne en gémissant. Toute la nuit, la fièvre monte et, au matin, il délire.

Je voulais rester éveillée pour aider Martha, mais j'ai dû m'endormir. Au réveil, en ouvrant les yeux, j'ai vu Tobias en train d'enfiler ses bottes.

L'aube perçait, et l'air résonnait de cris d'oiseaux venus de la forêt.

« J'aimerais bien que cet oiseau arrête de piailler. »
Martha a porté les doigts à ses tempes.

À travers le chorus général, on distinguait le cri d'un geai, se répétant inlassablement.

J'ai couru à la porte, et l'ai ouverte toute grande. À côté de la marche était posé un grand panier d'herbes. Des tiges épaisses et des feuilles grasses et luisantes, brillantes de rosée, si fraîchement cueillies qu'elles n'avaient même pas commencé à flétrir. De l'autre côté de la marche, se trouvait un panier plus petit, recouvert de tissu. Celui-là contenait de petites gourdes, des petits pots d'argile et des paquets d'écorce roulée. J'ai regardé en l'air et autour de moi. Le cri du geai était proche, très proche. Je me suis dirigée vers la forêt.

Il m'attendait sous les arbres. Là, il m'a donné les instructions de son grand-père. Les feuilles dans le panier devaient être bouillies et, leur masse une fois refroidie, attachées autour du pied. Les poudres contenues dans les rouleaux d'écorce de bouleau devaient être mélangées à de l'eau et bues pour faire baisser la fièvre. Le liquide dans le pot d'argile était supposé ôter les poisons du sang. Enfin, le contenu de la petite gourde devrait être frotté sur la peau pour aider à guérir la fracture, une fois que l'os serait en place et l'enflure partie.

Je ne sais pas comment le remercier.

« Il n'est pas encore guéri. Je serai là demain pour voir comment il se porte. Prête l'oreille, je t'appellerai.

– Attends ! Comment t'appelles-tu ?

– Geai de la Forêt. Tu ne l'aurais pas deviné ? »

Son rire retentit et, dans toute la forêt, des oiseaux lui répondirent.

Quand je suis revenue à la maison, Martha avait déjà

rentré les paniers. Elle avait deviné à quoi pouvaient servir les bouquets de feuilles et les faisait bouillir. Ils dégageaient un parfum frais et propre, plus fort que les odeurs de maladie, et emplissaient la pièce d'une atmosphère de guérison.

Je lui ai dit comment je m'étais procuré tout cela, et lui ai expliqué le traitement en détail. Martha n'est guère ravie d'apprendre l'étendue de mes excursions dans les bois, et moins encore de mes échanges avec les indigènes. Elle n'est pas favorable à l'utilisation de leurs remèdes de païens. Mais comme on dit en Angleterre, « on a la preuve du pudding en le mangeant ». Elle sait que nous n'avons pas le choix.

Tobias n'a pas eu besoin d'aller chercher un médecin. Le cataplasme a réduit l'enflure et les poudres ont fait baisser la fièvre. La couleur de la peau s'améliore. Le pied de Jonas n'est plus noir.

« C'est un miracle ! dit Martha, en retirant le pansement. Impossible d'appeler ça autrement ! Nous sommes tous les enfants de Dieu. Ils sont meilleurs chrétiens que certains dont je ne dirai pas le nom, malgré leurs façons d'athées... »

Elle s'est tournée vers moi.

« Mais cela ne veut pas dire que j'approuve la façon dont tu t'es procurée cela. Des promenades de ce genre pourraient attirer l'attention. Et si on te voyait... et avec *lui*...

– Mais j'ai fait très attention à ce que personne ne me voie.

– Mais si c'était le cas... »

Elle m'a regardée, avec, sur son visage si honnête, un air préoccupé. Mais elle a cessé de me faire des reproches pour retourner au chevet de Jonas. Il souffre encore. Martha et moi nous préparons à lui remettre les os en place. Nous aurons besoin de Tobias pour le tenir.

***

J'ai tenu compte des réprimandes de Martha. J'ai réduit le nombre de mes incursions dans la forêt, mais j'y vais encore. Nos seuls voisins sont les Rivers, à l'exception du vieux Tom Carter, et il est toujours soûl ou en train de dormir. Je ne vois jamais personne d'autre. Alors, comment pourraient-ils savoir ?

Quoi qu'il en soit, Jonas pense que Martha a tort d'avoir peur. Il m'encourage à faire de nouvelles trouvailles. Sumac, sassafras, pipsissewa, bistorte, serpentaire, scutellaire. La liste grossit. Geai de la Forêt me montre où trouver les plantes et les herbes médicinales. Il en appelle certaines de leur nom indigène, il en désigne d'autres par le nom que les colons leur donnent. Il m'explique leurs propriétés, me montre du doigt la partie vénéneuse et celle qui est bonne, ce qui peut être utilisé pour traiter tel mal ou tel autre. Je l'écoute attentivement afin de pouvoir répéter tout cela à Jonas.

« Comment va-t-il ?

— Beaucoup mieux. Il pourra bientôt marcher avec un bâton. En attendant, il reste assis, la jambe relevée, et travaille à *Herbes*.

– J'ai parlé de son livre à mon grand-père. Il trouve que ce que vous faites est intéressant. Il veut te rencontrer.
– Tu veux dire Jonas ? Je viens de te dire qu'il ne peut pas marcher.
– Pas lui. Toi.
– Pourquoi moi ?
– C'est à lui de te le dire.
– Quand ?
– Pas aujourd'hui. Il se fait tard. Tu sauras quand. Je te trouverai. »

Sur ce, il est parti, disparaissant dans la forêt. Je sais que je ne peux pas le suivre. Je serais même incapable de dire quelle direction il a prise. Ses pieds ne font aucun bruit, pas un froissement de feuilles ni un craquement de brindilles. Et je ne perçois rien de ses mouvements dans les ombres tachetées.

✷✷✷

Je ne sais jamais si Geai de la Forêt est là. À un moment donné, tout simplement, il apparaît. Je ne le vois jamais arriver. Il pourrait être à une coudée de moi sans que je le devine. Il m'apprend à être silencieuse dans les bois. Si tranquille que les animaux sortent sans crainte. Et il m'enseigne les chants d'oiseaux. Maintenant, je peux imiter le geai presque aussi bien que lui. C'est de cette façon que je peux savoir s'il est là. Je pousse le cri du geai, et il me répond.

Parfois, il laisse des présents à notre porte. Des petits

paniers d'osier ou de saule tressé contenant des noix et des fruits, des prunes et des mûres. Il sait que ce sont les fruits favoris de Martha ; cela ressemble aux myrtilles, mais en plus sucré et en plus gros.

Il ne vient jamais au village et les autres indigènes non plus. Il est le seul que j'aie jamais vu depuis que nous sommes arrivés ici.

Octobre [?] 1659

« Tu veux savoir pourquoi mon peuple est invisible dans les bois ? »

Nous mangions des fraises, dans la forêt. Geai de la Forêt connaît un endroit où les fruits poussent jusqu'aux premières neiges, qui ne devraient plus tarder. Nous sommes assis l'un en face de l'autre. Être habillée en garçon me met plus à l'aise avec lui. Il me traite comme un frère.

« Très bien, je vais te le dire. Quand les premiers colons sont arrivés, mon peuple les a bien reçus et, sans nous, ils auraient péri. Nous leur avons appris comment survivre, ce qu'il faut faire pousser, à quel moment semer, quand faire la récolte. Nous pensions que la terre était bien assez vaste pour pouvoir vivre tous ensemble. Mais cela ne devait pas être. D'autres sont venus, et d'autres encore, voulant plus de terre, toujours plus de terre. Ils ont pris les terrains que nous avions défrichés, car il leur était plus facile de s'y installer. Mais ce n'est pas cela qui a causé la mort des gens.

– Vous avez été attaqués ? Exterminés ? »

Il a secoué la tête.

« Pas de cette façon-là, pas avec des fusils et des armes. L'homme blanc a apporté avec lui la maladie, les maladies. Cela a commencé il y a des années, avant même que les premiers pèlerins arrivent à Plymouth. Les marins ont commencé à venir d'Europe pour pêcher dans les mers du Nord. Chaque hiver, ils retournaient chez eux, mais ils n'avaient pas besoin de rester pour nous laisser leurs fièvres. Puis les trafiquants sont venus, avides de fourrures et, eux aussi, ont apporté la maladie. Les Anglais, à leur tour, nous ont transmis le mal qui donne de petites taches. Nos guérisseurs ne pouvaient rien contre un mal qu'ils n'avaient jamais vu, qui venait de par-delà les mers. Beaucoup des nôtres sont morts. Ceux qui sont restés étaient trop faibles pour chasser, pour pêcher, pour planter et récolter. Nous appartenions au groupe Pentucket de la tribu des Pennacook. Notre village principal était au nord, sur le fleuve Merrimac. Ceux d'entre nous qui avaient survécu étaient si peu nombreux que la terre fut vendue aux Anglais. Mon père était un *sachem*, chef d'un petit groupe éloigné du centre, sur un affluent du fleuve. Il espérait que son groupe pourrait échapper à la maladie qui faisait rage le long du Merrimac, mais cela ne devait pas être. Des gens sont venus chercher refuge chez nous et ont apporté la maladie avec eux. Mon père est mort, ainsi que ma mère, ma sœur, mes frères, et beaucoup, beaucoup d'autres. Un Blanc, un homme bon, a eu pitié de notre sort. Il a fait ce qu'il pouvait pour les malades, c'est-à-dire pas grand-chose, et m'a emmené avec lui, ainsi que

quelques autres. Il a pris soin de nous, nous a instruits, nous a traités comme ses propres enfants.
— Mais tu l'as quitté ?
— Le choix n'était pas difficile à faire. J'étais devenu assez vieux pour savoir que pour être un Blanc, il ne suffit pas d'apprendre sa langue et de porter les mêmes vêtements que lui. Je voulais retourner chez moi, avec mon peuple. Malheureusement, j'ai découvert que je n'avais plus de chez-moi, je n'avais plus de peuple. Mon village était devenu la ville de l'homme blanc. Beulah.
— Que s'était-il passé ? Où étaient-ils partis ?
— Nous ne vivons pas toujours au même endroit comme le font les Blancs. Le lieu que vous appelez Beulah était notre résidence d'été. L'hiver, nous nous enfoncions plus profondément dans la forêt, pour chasser et nous abriter des plus grands froids, et nous revenions au printemps pour planter et pêcher. Il en a toujours été ainsi. Un printemps, les miens, ceux qui restaient de mon peuple, sont revenus et ont découvert que le village avait été pris. Les lieux sacrés avaient été retournés ; les tombes des ancêtres profanées, et dessus, on avait construit. Leurs greniers avaient été forcés, le contenu volé. Il n'y avait rien d'autre à faire que d'aller plus loin.
— Il n'y avait absolument plus personne ?
— Seulement mon grand-père. Il était resté. Il surveillait les lieux sacrés. Les pierres sont toujours là…
— Quelles pierres ?
— Il y avait de grandes pierres sur le sommet de la colline.

Elles étaient là depuis le commencement des temps, indication d'un lieu sacré pour notre peuple. Et maintenant...
— Elles se trouvent sous notre Maison des assemblées. »
J'avais remarqué l'étrange forme de ces dalles, non pas fraîchement taillées et équarries, mais anciennes, usées par le temps, le vent et la pluie.
« Nous avons des pierres comme cela chez nous. »
Je lui ai parlé de celles que ma grand-mère allait voir, et des grandes pierres que j'avais aperçues à Salisbury Plain.
« Alors, c'est sans doute que votre peuple les respecte. »
J'ai secoué la tête à mon tour.
« Il les considère plutôt comme des traces de paganisme.
— Même leurs propres pierres ?
— Même les leurs. As-tu été au village ?
— Plus d'une fois ! »
Il n'a pas expliqué pourquoi, mais à la façon dont il disait cela, j'ai senti qu'il n'y retournerait plus.

✳✳✳

« Les gens ont parlé. Je t'avais bien dit que cela se produirait ! »
Martha me regardait, fixement.
Notre maison est finie. Après avoir mangé, nous nous asseyons autour du feu tandis que l'obscurité descend au dehors. Martha a eu une visite de sa sœur, ce qui la met toujours dans tous ses états.
« Parlé ? »

Je lève les yeux de mon travail de couture.
« De quoi ?
— De toi. De tes sorties dans la forêt, et de bien plus encore.
— De quoi s'agit-il, Martha ? a demandé Jonas, alerté par le ton inquiet de la voix de Martha.
— Jethro Vane se plaint de ce que ses porcs tombent malades. Il dit que quelqu'un leur a jeté un mauvais sort. On a vu Mary aller et venir à l'endroit où ils se promènent, et elle les regardait fixement, en criant quelque chose qui ressemblait à une malédiction.
— Je ne leur jetais pas de sort ! Tu m'avais dit de les chasser s'ils pénétraient dans notre jardin ! Je criais parce que ce sont des créatures effrontées, ce sont des porcs noirs de Tamworth, que leur vie dans les bois a rendus à moitié sauvages. Ils sont très rusés.
— Qui vous a dit cela ?
— Ma sœur, Anne Francis. Elle voulait me prévenir de ce que les gens disent…
— Pour vous inquiéter encore un peu plus ? »
Le visage de Jonas s'est assombri.
« M'est avis que c'est quelqu'un qui se mêle des affaires des autres, et une fieffée colporteuse de fausses rumeurs. N'y prêtez pas attention.
— Bien peu de choses échappent à notre Annie. Elle prête toujours l'oreille aux potins, ça je vous l'accorde, et elle fourre son nez partout. »
Martha a secoué la tête.

« Mais cela n'en rend sa mise en garde que plus importante. Vous ne connaissez pas ces gens comme je les connais.
— Peut-être bien. Mais il y a toujours une véritable explication. »
Jonas a poussé un soupir.
« Le mauvais œil ? Quelles fadaises ! »
C'est un homme de science, et il n'a que faire de telles superstitions.
« Selon moi, ce serait plutôt que la truie de Jethro Vane a attrapé la maladie des porcs que son frère a amenés ici. »
Il est retourné à son livre.
« Ils m'ont toujours paru maladifs.
— Pour moi, ils auraient plutôt attrapé ça de Jeremiah lui-même », ai-je dit.
Tobias s'est mis à rire. Jeremiah Vane a le même teint que sa fille Deborah. Il a une barbe rousse, des petits yeux, des mâchoires étroites et un long groin qui ressemble à celui d'un porc de Tamworth.
« Il n'y a pas de quoi rire ! »
Les yeux verts de Martha lancent des flammes, en guise d'avertissement.
« Ce genre de bavardage est dangereux. Nous savons tous à quoi mènent ces rumeurs. Nous ne voulons pas que les gens se retournent contre nous. »
Elle s'est tournée vers Tobias.
« Vous, monsieur, allez donc réparer la clôture. Je ne veux pas que ces porcs s'approchent de notre propriété. Et toi… »

C'était mon tour, maintenant.
« Il va falloir changer de conduite ! Plus de promenades en forêt, plus de vagabondage, si tu ne veux pas que les langues se déchaînent encore plus. »

***

« Ils vivent tous nus dans la forêt, dans le péché et la dépravation. Ils ne font rien de la terre. Ils vivent encore plus misérablement que des mendiants. »
Bonne dame Anne est encore venue nous rendre visite, cette fois le soir, pour pouvoir nous parler à tous. Elle veut partager avec les nouveaux venus que nous sommes les bienfaits de sa sagesse et de son expérience supérieure. Son thème est : les indigènes.
Martha est assise, le visage fermé. Sans les indigènes que sa sœur méprise tant, Jonas serait dans la tombe maintenant. Ses yeux flamboient, nous intimant de ne rien dire. Jonas dessine sur la feuille qu'il a posée sur la table devant lui. Tobias est assis dans un coin, taillant une poupée pour la sœur de Rebecca. Je voudrais hurler, lui crier qu'elle ne comprend rien. Les Indiens avancent dans le monde avec légèreté, c'est tout. Ils font leurs maisons dans les arbres vivants, ne prenant que ce dont ils ont besoin, avant de repartir pour laisser la terre retrouver sa splendeur. Mais je tiens ma langue. Cette bonne dame Francis est une femme stupide, à l'esprit étroit, ignorante et agitée, qui fourre toujours son long nez partout ; elle gonfle ses joues

tombantes pour émettre des jugements, puis elle pince les lèvres comme on tirerait les cordons d'une bourse.

« Qu'est-ce que tu écris, mon enfant ? Puis-je voir ? »

Mes doigts ont sursauté, écrasant le bec taillé de ma plume et changeant le *e* de « bourse » que j'étais en train d'écrire en une tache d'encre.

« Mary m'aide… »

Jonas m'a tendu un canif pour tailler un nouveau bec, ce que j'ai fait d'une main tremblante.

« Pour mon manuel, *Herbes*.

– Puis-je voir ? »

Jonas a fait semblant de trier les papiers qui se trouvaient devant lui, les étalant pour recouvrir mes écrits. Il était clair qu'elle voulait que je lui donne ce que j'étais en train d'écrire, mais Jonas lui a donné son propre livre, à la place. Elle l'a pris de ses mains et a ouvert la couverture cartonnée ; les pages ont craqué et se sont écornées tandis qu'elle les tournait. Elle a étudié ce qu'elle avait sous les yeux, soigneusement, sourcils froncés, comme si elle comprenait ce qu'elle regardait. Mais sa bouche travaillait pour former les mots et son doigt courait sous les lignes écrites, indiquant qu'elle est presque illettrée.

« Qu'est-ce que c'est que cela ? »

Elle s'était arrêtée sur la mandragore. Le dessin de sa racine ressemble à un petit homme, un *homonculus*. À la base de la tige, la racine se divise en une fourche à trois pointes. Elle a poussé un petit cri suraigu de dégoût.

« On dirait une poupée de cire ! »

Elle a frissonné.

« Malpropre ! »

Les yeux de Jonas ont pétillé.

« Pas plus qu'une carotte ou un navet. »

Ses lèvres minces pointées en avant ont épelé lentement les lettres des mots décrivant les propriétés de la plante, et sa face pudibonde est devenue encore plus pâle.

« J'ai déjà entendu parler de cette racine. Elle ne pousse que sous les gibets et crie comme un humain quand on l'arrache du sol.

– Tout cela est faux et mensonger ! Des racontars de vieilles bonnes femmes ! Des rêves absurdes énoncés par des chirurgiens sans diplôme et des charlatans. Cette racine a de multiples mérites. Elle procure le sommeil, soulage la douleur. Prenez bien garde à ce que vous croyez, maîtresse.

– Prenez bien garde à ce que vous écrivez dans votre livre ! Ces livres-là sont tenus par des adeptes de la magie et autres gens de la sorte, qui font le travail du diable.

– Je suis apothicaire. »

Il lui a repris le livre.

« J'ai besoin d'enregistrer les vertus des plantes et les guérisons qu'elles procurent. »

Bonne dame Francis a croisé les bras sur son corsage noir, et imprimé à sa bouche une ligne têtue.

« Tout cela a des relents de magie. »

Jonas a soupiré.

« Point du tout, dame Francis, point du tout. Vous n'avez pas eu à vous en plaindre, quand j'ai pansé la jambe de votre mari qui s'était blessé avec une faux. C'est là que j'ai trouvé les herbes pour guérir la blessure et soulager sa douleur. Je suis ce qui se rapproche le plus d'un médecin, ici. J'ai travaillé à ce livre toute ma vie. J'en ai besoin pour mon métier, et je n'arrêterai pas maintenant. »

Dame Francis n'avait pas l'air convaincue, mais elle ne pouvait pas tenir tête à Jonas. Elle a préféré se tourner vers moi.

« Vous pourrez dire ce que vous voudrez, maître Morse, mais de l'encre sur les doigts d'une fille, c'est loin d'être naturel. Vous en avez pris bien trop à votre aise. »

Son regard m'a quittée pour se poser sur sa sœur, assise à coudre.

« Tu ferais mieux de rester à côté de Martha et de l'aider, c'est moi qui te le dis ! »

Elle s'est tue et s'est redressée sur son siège. Elle a pris sa respiration pour gonfler ses joues et sa poitrine, se préparant, avec une telle évidence, à une déclaration solennelle, que même Tobias a levé les yeux.

« Il faut que je te le dise, ma sœur… »

Elle s'est tournée pour s'adresser à Martha.

« Ce, cet arrangement… »

Elle a fait un large geste pour désigner notre maison.

« Cet arrangement a été fortement contesté.

– Fortement contesté ? »

Jonas a levé les yeux.

« Comment cela ?

– Certains pensent qu'il n'est pas convenable qu'une

jeune fille vive dans une maison avec des hommes qui ne font pas partie de sa famille. »

Elle a jeté un bref coup d'œil sur Jonas, sur les pages étalées devant lui. S'il avait déjà paru suspect plus tôt, cette déclaration le rendait plus suspect encore.

« Qui dit cela ? »

La voix de Martha en tremblotait.

« Nous vivons comme une famille, ici.

– Précisément… »

Bonne dame Francis a émis son petit sourire pincé.

« Et vous vivez dans l'erreur. Il serait bien préférable que cette fille… » Elle a agité la main vers moi. « …vive avec les Rivers. C'est une famille décente. On a porté cela à l'attention du révérend Johnson.

– Qui donc ? Puis-je le demander ? »

Martha a reposé son ouvrage de couture, les mains tremblantes. Je pouvais voir sa colère monter.

« Le révérend parlera avec les élus. On vous dira ce qu'ils auront décidé. »

Sur ces mots, elle s'est levée, prête à partir.

« Attendez, maîtresse ! »

Jonas avait le visage creusé par l'inquiétude.

« Nous n'avons pas notre mot à dire, à ce sujet ?

– Les nouveaux arrivants n'ont le droit de rien dire encore.

– Et qu'en est-il des Rivers ? Eux non plus n'ont rien à dire ? C'est leur maison qu'elle rejoindrait.

– Ils se plieront à la décision. John Rivers craint Dieu. Comment pourrait-il en être autrement ? »

Elle parlait avec lenteur et une patience appliquée, comme si elle s'était adressée à une bande de gosses ignorants.

« Avec la force du révérend Johnson, et avec lui comme guide, l'assemblée prend *toujours* la bonne décision. Dieu parle à travers eux, comment pourrions-nous connaître Son intention autrement ? La volonté de l'assemblée est la volonté de tous. »

***

À peine sa sœur nous avait-elle quittés que Martha s'est mise à nous faire des reproches, à Jonas et à moi, sur ce que nous mettions dans nos livres.

« Dame Francis ne sait pas plus lire qu'un nouveau-né, lui ai-je dit. Je ne vois donc pas ce que cela change. »

Mais Martha a secoué la tête et fait remarquer que les gens cultivés ne manquaient pas et qu'ils pourraient bientôt nous être envoyés.

Quoi qu'il en soit, la jubilante porteuse de mauvaises nouvelles, Bonne dame Francis, est revenue nous dire que je devais bel et bien faire mes bagages et m'installer dans la maison d'à côté. Elle en paraît absolument ravie. Martha en est plus que désolée, mais elle pense que c'est peut-être la meilleure des solutions. Elle ne veut pas que je devienne l'objet de plus de soupçons, et pense que je serai plus en sécurité avec Rebecca et sa famille. Pour moi, ce n'est guère une épreuve. Rebecca est comme une sœur, et si je considère Martha comme une mère, alors Sarah Rivers est ma tante préférée. John Rivers est un homme bon, sage, à l'esprit ouvert. Ce n'est pas une contrainte d'aller vivre avec eux, mais, si telle doit être ma place, je devrais être libre de la choisir. Je n'aime pas être déplacée comme un pion sur un échiquier.

Fin octobre [?] 1659

Bien que l'automne touche à sa fin, les jours restent clairs, le ciel bleu et lumineux. Les bois sont remplis de couleurs. Chez nous les feuilles se décolorent, ici elles flamboient. Je meurs d'envie de m'échapper mais j'ai promis à Martha de ne pas aller plus loin que les confins du village.

Les maisons sont terminées mais il y a encore beaucoup à faire pour les rendre confortables. Elles sont petites, deux pièces en bas et une longue au-dessus, mais d'autres pièces pourront être ajoutées si nécessaire. La maison des Rivers est légèrement plus grande, ce qui est une bonne chose, car ils doivent trouver de la place pour moi maintenant.

Quand nous ne travaillons pas à la maison, nous aidons nos voisins dans leurs récoltes, et il faut couper du bois en prévision de l'hiver qui s'annonce.

***

Les jours raccourcissent. Les oiseaux partent vers le sud. De grands vols de canards et d'oies tracent des lignes hachurées dans le ciel, soir et matin, leurs appels aigus ressemblant aux cris des âmes perdues.

Je les écoute et je me m'interroge. Je n'ai pas vu Geai depuis des semaines. Peut-être son grand-père et lui sont-ils déjà partis, peut-être eux aussi migrent-ils vers le sud.

Novembre [?] 1659

Le matin, l'aube est toujours bleue et brillante, mais la glace fait luire le baril d'eau et le sol est couvert de gelée blanche. L'hiver arrive et nous sommes prêts. Les récoltes sont rentrées, les maisons finies, le bois s'entasse jusqu'à l'avant-toit, des deux côtés de la porte.

La température, à la fin de l'automne, est inconstante. Il pourrait neiger d'un jour à l'autre, c'est ce que l'on a dit à John Rivers. Après le petit déjeuner, j'ai pris ma besace, et je suis partie vers la forêt. C'est peut-être ma dernière chance avant l'arrivée de la neige. Je n'ai pas oublié la promesse faite à Martha. Mais, puisque je ne peux plus vivre avec elle, je me persuade que son interdiction ne tient plus. La brume montait doucement des vallons. Mes jambes disparaissaient sous mes genoux. C'était comme avancer à travers de la laine fraîchement cardée. Le soleil était bas, rare au-dessus de l'horizon. Il répandait une lueur étrange se réfléchissant sur les feuilles écarlates accrochées aux brindilles et aux branches. C'était comme si, des arbres, coulait du sang.

Je marquais mon passage tout en avançant, de la façon apprise des bûcherons et des charbonniers, par des entailles et en courbant des branches. Les bois étaient très silencieux, ce matin, d'un calme peu naturel. J'ai senti de nouveau les picotements sur ma peau. Je suis restée longtemps immobile, étudiant chaque endroit du regard, les imprimant dans ma mémoire, attentive au plus petit changement, comme Geai me l'a appris. Mais, quand le cri rauque est sorti d'un buisson presque en face de moi, il m'a fait sursauter.

Il en est sorti en riant, et les oiseaux lui ont rendu son rire.

« Il faut regarder tout près, aussi bien qu'au loin. Mon grand-père veut te voir. Viens. »

Nous avons marché longtemps, sans nous diriger vers aucun campement. À midi, nous nous sommes arrêtés et avons partagé la nourriture que nous avions apportée avec nous. J'avais du pain et du fromage. Il avait des noix et de fines tranches de viande de daim séchée.

Nous avons longé une longue vallée étroite entre de hautes parois rocheuses de chaque côté, jonchée d'arbres tombés. Un torrent se précipitait à nos pieds, l'eau blanche bouillonnant autour des rochers. Nous avons grimpé vers un piton dans les collines. Là, le torrent devenait une chute, l'eau descendant en cascade sur des dalles rocheuses aussi lisses et régulières qu'un escalier pavé. J'ai regardé Geai, me demandant ce que nous faisions ici. Il a souri et levé le doigt en l'air. Je n'étais pas du tout sûre que cet exploit puisse être accompli. D'en bas, cette ascension semblait tout à fait à pic. Mais ce n'était pas aussi difficile que je l'avais pensé. Toutefois, j'étais heureuse de porter un pantalon, car, en jupe, l'escalade aurait été impossible. Les dalles formaient une sorte d'escalier étroit et glissant. Geai de la Forêt m'aidait dans les parties les plus difficiles, me conseillant de prendre mon temps, de grimper petit à petit, et de ne pas regarder en bas tant que nous ne serions pas arrivés au sommet. Une fois seulement, j'ai jeté un coup d'œil au-delà de mes pieds, pour voir les rochers qui ne paraissaient pas plus gros que des galets, et le cours d'eau, comme un bout de lacet.

Je redoutais plus encore ce qui se trouvait au-dessus.

Par-dessus nos têtes, les pitons rocheux étaient en surplomb, l'un sur l'autre, comme une pile de livres sur le point de s'écrouler. Les plus proches penchaient vers l'intérieur, mais ensuite l'angle s'inversait. Je ne voyais absolument pas comment nous pourrions escalader cela.

Geai montait de côté, m'indiquant de le suivre sur une plate-forme rocheuse. L'eau tombait comme un rideau de cristal. Nous étions derrière la cascade, maintenant. L'air était humide et froid, la roche mouillée et glissante, mais assez large pour qu'on puisse marcher dessus aisément. La paroi était couverte de mousse et de fougères. Nous l'avons longée jusqu'au moment où nous nous sommes trouvés devant une profonde cavité. Geai s'est avancé dans l'obscurité. Nous étions arrivés dans une grotte.

L'intérieur était faiblement éclairé. La lumière filtrait à travers l'écran d'eau, jouant sur les murs, créant des ombres tremblantes. On se serait cru dans une caverne sous la mer. Geai est allé vers une niche et en a sorti une torche, une branche de pin surmontée d'une boule de résine. Il a frappé une pierre à briquet, et la torche a éclairé les recoins de la grotte. La salle principale se rétrécissait, débouchant sur plusieurs tunnels. Geai m'a pris la main et m'a conduite dans l'un d'eux, sur la droite. J'ai suivi la lumière enfumée, en m'accrochant très fort. Les tunnels tournaient et viraient comme un labyrinthe. Jamais je n'aurais pu retrouver la sortie toute seule.

Nous avons marché longtemps, jusqu'à ce que la torche ait entièrement brûlé, jusqu'à ses derniers soubresauts. Puis, graduellement, l'obscurité devant nous a commencé à faiblir, et l'espace autour de nous à s'élargir. Nous avons débouché dans une caverne très haute, du centre de laquelle nous provenait la lumière tremblante d'un feu.

Nous avions traversé toute la montagne. Il faisait si noir dans les tunnels que j'avais fini par croire qu'il faisait nuit. Maintenant, j'émergeais dans un beau soleil d'après-midi, frappant de ses rayons dorés une campagne dégagée, revêtue d'arbres comme d'une tapisserie. Nous nous trouvions très haut. Sous moi, la montagne se creusait en un précipice vertigineux et la terre s'étalait largement. Ici et là, on apercevait collines et pics rocheux. Mais la couverture des arbres semblait s'étendre à l'infini, aussi loin que l'œil pouvait voir, se fondant dans la brume violette qui estompait la courbe de l'horizon.

« C'est un lieu très spécial pour mon peuple. »

En vérité, la caverne était comme une cathédrale. Les murs, d'un gris pâle, s'élevaient en formant comme de hauts

rideaux plissés entre de délicates colonnes voûtées qui ne devaient rien à la main de l'homme.
«Tout reste toujours pareil, ici, hiver comme été.»
Il a remué le feu.
«Nous sommes abrités du vent et de la neige. La grotte ouvre au sud, de sorte qu'elle reçoit tout le soleil dès qu'il y en a, et elle est tellement haute qu'un feu ne peut s'y détecter d'en bas. La fumée s'élève, en s'échappant dans les salles où l'homme ne peut pas la voir. Parfois, un ours se trompe et pénètre jusqu'ici, mais dès qu'il voit que la place est prise, il s'en va. Nous avons ce dont nous avons besoin pour rester là tout l'hiver.»
J'ai fait d'un coup d'œil le tour de la grotte. Il y avait des lits de fougères moelleuses et de mousses douces, recouverts d'épaisses fourrures. Des paniers et des pots d'argile étaient alignés le long des parois. Mais il ne semblait y avoir personne. Pas de trace de son grand-père.
Comme pour répondre à mes pensées, le vieil homme est sorti de l'ombre.
Il a parlé dans sa langue et le garçon lui a répondu :
«Je l'ai amenée.»
Le vieil homme a dit quelque chose. Peut-être un nom, mais que je serais bien en peine de transcrire sur papier.
«Que dit-il?
– C'est le nom qu'il te donne. *Mahigan Shkiizhig.* "Œil de Loup".
– Pourquoi m'appelle-t-il ainsi?
– Pourquoi? Parce que, tout comme mon rire ressemble

au cri du geai et que j'aime porter des choses de couleurs vives, tout comme mon grand-père est "Aigle Blanc" à cause de ses cheveux et de la plume qu'il porte, toi, tu as les yeux d'un loup. »

J'ai froncé les sourcils, essayant de comprendre ce qu'il voulait dire. Les seuls loups que j'avais jamais vus étaient les têtes clouées sur les murs de la Maison des assemblées, et ces yeux étaient revêtus du vernis de la mort ou mangés aux vers.

« Vous n'avez pas de loups dans votre pays ?
– Peut-être dans le nord, en Écosse, mais pas en Angleterre. Ils ont tous été tués. »

Geai répéta cela à son grand-père qui secoua la tête. Puis il se retourna vers moi.

« Il dit que c'est mauvais.
– Pourquoi ? ai-je demandé. Ils tuent les brebis et les agneaux, et parfois même des enfants. Ils peuvent s'attaquer à l'homme. »

Le vieil homme a haussé les épaules et a prononcé quelques mots.

Geai a hoché la tête.

« Il dit que tout a sa place dans le monde, les loups et les hommes. »

Le vieil homme a parlé de nouveau.

« Tu lui rappelles une jeune louve qu'il a connue autrefois. Elle était farouche, fière et courageuse, mais n'avait pas encore toute sa force. Elle vivait en dehors de la meute, rejetée, mais forcée d'y revenir parce qu'elle n'était pas encore assez vieille pour survivre seule. Il sent chez toi la même fierté

farouche. Tu ne veux t'incliner devant personne, mais la vie en marge est inconfortable.
– Que lui est-il arrivé, à la jeune louve ? »
Le vieil homme répondit, mais le garçon sembla hésiter à traduire les paroles de son grand-père.
« Qu'est-ce qu'il a dit ?
– Il voudrait que tu lui parles du lièvre.
– Le lièvre ? Quel lièvre ? »
De quoi parlait-il ? Certains colons pensent que les Indiens sont aussi fous que les veaux les soirs de pleine lune. Se pourrait-il qu'ils aient raison ?
« Il a vu un lièvre, dans la forêt, et à la lisière de votre village. Il n'était pas là auparavant. Il est apparu tout d'un coup, au moment même où toi et tes gens êtes arrivés.
– Vous n'avez pas de lièvres, dans ce pays ? ai-je demandé, en lui retournant sa question à propos des loups.
– Bien sûr que si, nous en avons. Et le Grand Lièvre est très important dans les légendes de notre peuple. C'est pourquoi mon grand-père l'a remarqué. Il a pensé que c'était un signe du Grand Lièvre à son intention. »
Le vieil homme a hoché la tête. Il avait suivi la conversation. Il comprenait l'anglais, même s'il ne le parlait pas.
« Ce lièvre, a continué le garçon, est différent de ceux qui vivent ici. Il est plus petit et d'une autre couleur… »
De l'autre côté du feu, les yeux du vieil homme ont saisi mon regard. Deux petites flammes jumelles ont allumé un point incandescent dans leur noirceur profonde. Tout à coup, ma grand-mère m'est venue à l'esprit. Elle était là, totalement

présente, comme si elle était assise dans la caverne près de moi. Je me suis souvenue des histoires que l'on racontait sur elle. On disait, en effet, qu'elle pouvait se transformer en lièvre. Elle ne m'en avait jamais parlé directement, ne m'avait jamais confirmé si c'était vrai ou faux. Il y avait certaines choses qu'elle ne m'avait jamais dites. Peut-être attendait-elle que je sois plus âgée, mais ce temps n'était jamais venu. Je me suis souvenue d'elle, dans le lit, près de moi, les yeux fermés, mais ne dormant pas, étendue, immobile comme une morte. Comment aurais-je pu savoir où elle allait ?

Et puis, il y avait cette histoire que Jack m'avait racontée, du lapin sur le bateau. Lièvre ou lapin. J'avais ri, mais les marins en avaient peur...

Le vieil homme a dit quelque chose au garçon.

« Il dit que tu sais.

– Mais que fait ma grand-mère ici ? Pourquoi a-t-elle choisi la forme d'un lièvre ?

– L'esprit de ta grand-mère a pris la forme d'un lièvre parce que c'est son animal, exactement comme le tien est le loup, le sien l'aigle, et le mien le geai bleu.

– Une telle chose est-elle possible ? »

Le vieil homme m'a regardée comme si je mettais en doute l'existence du clair de lune ou du lever du soleil. Il a agité les mains au-dessus de sa tête. Les flammes se sont élancées et j'ai vu que les murs de la caverne étaient couverts de peintures d'animaux : certains n'étaient guère plus que des carrés ou des triangles, d'autres étaient reconnaissables, comme des cerfs avec des bois volumineux, des ours, des loups, des lions, et des créatures à cornes et à bosses dont j'ignorais le nom. Avec eux étaient peints des hommes chassant, guettant, dansant, quelques-uns nus, d'autres vêtus de peaux.

Certaines des images étaient dessinées au charbon, d'autres peintes de couleurs vives, d'autres encore gravées dans le roc. Les mouvements complexes du vieil homme semblaient leur donner vie. Animaux et hommes dansaient au rythme de ses mains qui palpitaient à la lumière vacillante du feu. Ils se déplaçaient sur les murs, tantôt animaux, tantôt humains, parfois les deux à la fois.

« Nous sommes dans le lieu de nos ancêtres, a expliqué le garçon. Ici, nous sommes entourés de leur présence. »

J'eus de nouveau la sensation d'être dans une grande église, un lieu rempli d'esprits, comme le temple des Vents de Salisbury Plain, lourd de la présence de ceux qui y venaient par le passé.

Je leur ai parlé de ma grand-mère et leur ai raconté ce qui lui était arrivé.

Le vieil homme s'est remis à parler.

« Que dit-il ?

— L'esprit de ta grand-mère n'est pas en repos, en raison du grand mal qui lui a été fait. Il t'a suivie dans ta traversée de l'océan.

— Pourquoi ? Dans quel but ? »

Le vieil homme gardait les yeux fixés sur les flammes. Un certain temps s'est écoulé avant qu'il ne reparle au garçon, mais lorsqu'il l'a fait, ce fut très longuement.

Ce dernier l'a écouté avec attention, hochant la tête pour montrer qu'il mémorisait et répéterait fidèlement les paroles du vieil homme.

« Pour avertir, pour surveiller, pour exiger vengeance. Il n'en est pas sûr. Tout comme la forme physique des créatures est différente de celle d'ici, son esprit lui est étranger, c'est pourquoi il ne peut pas être certain. Il dit qu'entreprendre un tel voyage est preuve d'un grand amour ou d'une grande crainte, ou des deux. Il pense qu'elle est ici parce qu'elle a peur pour toi. Ce qui lui a été fait à elle pourrait t'être fait à toi. »

Ce fut la fin de l'entrevue. Le vieil homme s'est levé dans un mouvement fluide. Il a allumé une brindille au feu et s'est dirigé vers le mur le plus éloigné. Arrivé là, il a tiré une couverture finement tissée de rayures et de motifs entrelacés, et il est parti dans une salle creusée dans le roc.

Geai m'a reconduite à travers les grottes, cette fois par un autre chemin.

« Qu'a-t-il dit à propos de la jeune louve ? A-t-il dit ce qui lui était arrivé ? ai-je fini par lui demander, lorsque nous sommes retournés à l'air libre dans l'après-midi finissant.

– Il l'ignore. Un jour, elle avait disparu. Peut-être la meute l'avait-elle expulsée ou…

– Ou quoi ?

– Ou peut-être les autres loups s'étaient-ils jetés sur elle et l'avaient-ils mise en pièces. »

Une histoire de bien mauvais augure. Pas étonnant qu'il n'ait pas voulu me la raconter. Le vieil homme se

trompait peut-être. Peut-être n'était-ce que le produit de son imagination, d'une superstition d'indigènes.
« Comment ton grand-père a-t-il obtenu son nom ?
– C'est une histoire que je te raconterai une autre fois. » Nous étions bien loin du village mais j'entendais des aboiements de chiens et le bruit des branches qui se brisaient sur le passage des hommes.
« Des chasseurs venus de Beulah.
– Comment le sais-tu ?
– Ce sont les seuls hommes blancs à des milles à la ronde. Notre peuple ne fait aucun bruit. Je vais devoir te quitter. Fais bien attention à ce qu'ils ne te voient pas. Tes vêtements. »
J'avais oublié que j'étais habillée en garçon.
« Quand te reverrai-je ?
– Au printemps, peut-être. Ou en été.
– Dans si longtemps ?
– Bientôt, nous serons dans les griffes de l'hiver. Et les Mohawks font des raids vers l'Ouest et le Nord. Il y a des rumeurs de guerre. Mon peuple est éparpillé. Mon grand-père voyage pour rencontrer ses frères, voir ce qui leur arrive.
– Une guerre ? Je n'en ai jamais entendu parler dans le village.
– Et pourquoi en serait-il autrement ? Il s'agit d'Indiens qui tuent des Indiens. Les Blancs se moquent bien de cela. »

Fin novembre [?] 1659

Tobias va chasser dans les bois. Il y va avec deux jeunes hommes d'à peu près son âge. Josiah Crompton, le fils de l'un des vieux colons, et Ned Cardwell, l'homme à gages de Jethro Vane. C'étaient peut-être les chasseurs que nous avions entendus, bien qu'en faisant tant de bruit il aurait fallu un miracle pour qu'ils attrapent quoi que ce soit. Alors que Tobias et ses amis semblent avoir fait très bonne chasse.

Je les ai rencontrés aujourd'hui sortant des bois, portant des dindes et des oies jetées sur leurs épaules. Leurs chiens haletaient à côté d'eux, deux épagneuls au poil rêche et un lévrier tacheté. Les chiens étaient sales, les flancs couverts de boue avec seulement une étroite bande de poil propre sur le haut du dos. Tobias n'a pas de chien à lui. Les chiens ne sont pas aussi nombreux ici qu'ils le sont chez nous.

« La chasse a été bonne ? »

Je me suis jointe à eux tandis qu'ils rentraient, d'un pas vif, vers les maisons basses de la ville. Il n'était pas tard mais la nuit tombait vite. La fumée s'échappait des cheminées en boucles, qui s'élevaient dans un ciel lourd et gris, se teintant de lueurs jaunâtres à la fin du jour. La cloche du couvre-feu sonne à la tombée de la nuit. Tout le monde doit être rentré à ce moment-là ; être ailleurs, c'est être un promeneur de la nuit, autant dire un criminel. Une des règles, parmi d'autres, qui régissent le village.

« Hé! dit Tobias en soulevant ses trophées, une dinde pour Martha et une oie pour Sarah.

— Donne-lui une oie et tu seras invité à dîner », lui dit l'un des jeunes hommes avec un clin d'œil.

Tobias lui a rendu son sourire. Sa bonne entente avec Rebecca est bien connue.

— Nous aurions pu faire encore mieux. J'ai couru derrière un lièvre dans la prairie au sud. Je n'en avais encore jamais vu par là. Un vieil animal je présume. Se tenait drôlement, la tête toute droite, mais il courait bien assez vite.

— Tu ne l'as pas attrapé?

— Non. » Josiah Crompton a secoué la tête. « Ce vieux Tom, là, a couru à sa poursuite... » Il a montré du doigt le lévrier qui trottait à côté de nous. « ... Et il s'est enfui dans les bois. »

Je me suis penchée, voulant caresser le petit coin de poil que la boue avait épargné au sommet de sa tête osseuse.

« Faites attention, mam'selle. Il n'est pas facile avec les inconnus », m'a averti son propriétaire.

Mais ce qui s'est passé a été une surprise, y compris pour moi.

Les yeux couleur d'ambre du chien n'avaient pas plutôt croisé les miens que son front s'est plissé et qu'il s'est mis à gémir. Il s'est assis, la tête sur les pattes, les oreilles en arrière, le derrière tressautant, en agitant la queue, puis il a roulé sur lui-même en présentant le dessous de son ventre couvert de boue.

« Ah ben ça alors, vous m'en direz tant! s'est écrié Josiah

Crompton, en reculant un peu son chapeau pour se gratter la tête. Il a jamais fait ça avant. En général, c'est un bon chien bien vaillant !

— Fait les yeux doux à une jolie fille, voilà tout ! a fait Ned Cardwell en me jetant un regard de côté.

— Pas de plaisanteries de ce genre. »

Tobias a posé un bras fraternel sur mon épaule, et m'a poussée loin d'eux.

« Venez Mary, Martha va s'impatienter et Sarah va se demander où vous êtes passée. »

***

Les loups sont de retour. La nuit dernière, je les ai entendus, et aussi la nuit d'avant.

Le vent souffle du nord.

« Il amène la neige à sa traîne. » C'est ce que dit Jonas.

C'est l'heure où les animaux rentrent des champs. Jonas et Tobias sont partis avec John Rivers pour les ramener. Je suis dans la maison de Martha. Dans la pièce à côté, les enfants font tout un remue-ménage et j'ai besoin de tranquillité pour rédiger mon journal. J'écris à la lumière du feu tandis qu'elle fait de la pâtisserie. Il serait difficile de dire l'heure qu'il est. La lumière est faible, ici, les fenêtres sont recouvertes de papier huilé. Nous n'aurions pas l'argent qu'il faut pour acheter du verre, même s'il était possible de s'en procurer.

On dirait qu'il fait plus sombre qu'il ne devrait. Il ne

peut pas être beaucoup plus de midi. J'ouvre la porte pour voir tomber des flocons, aussi gros et délicats que du fin duvet d'oie. Ils commencent à tomber un par un puis deux par deux, lents et gracieux. J'appelle Martha pour qu'elle vienne voir. Elle se hâte vers moi en s'essuyant les mains sur son tablier, curieuse de savoir pourquoi je pousse tant de grands cris.

Nous levons le nez au ciel, vers les flocons qui tombent en tourbillonnant de plus en plus vite.

« Voilà de nouveau la vieille dame qui plume ses oies », dit-elle, puis elle jette un regard furtif par-dessus son épaule. Les superstitions de ce genre sont mal vues par ici, et Martha est peureuse, même lorsqu'il n'y a personne pour l'entendre.

À la fin de l'après-midi, la neige s'est épaissie jusqu'à devenir une masse agitée et turbulente de blanc sur gris, empêchant de distinguer à plus de quelques mètres devant soi. Elle prend rapidement, et pour l'instant, il n'y a pas le moindre signe de John, de Jonas ou de Tobias. Rebecca vient nous demander si nous les avons vus. Les flocons s'accumulent tandis que Martha va et vient devant la porte comme une vieille poule inquiète. Elle regarde dehors avec angoisse, craignant qu'ils aient perdu leur chemin, qu'ils soient tombés dans un amas de neige ou quelque chose de ce genre. Je lui fais remarquer qu'il n'a pas neigé assez longtemps pour cela, mais elle n'aura pas de repos tant que les hommes ne seront pas de retour sains et saufs.

Au bout d'un certain temps, nous voyons Tobias et Jonas remonter le sentier péniblement, tout blancs d'un côté, tenant leur chapeau sur leur tête, les yeux plissés sous les rebords tandis que la neige leur fouette le visage. Les bêtes sont recouvertes de la même manière, d'une épaisse couche de neige qui leur fait une seconde peau. Rebecca demande où est son père. Il est dehors, parti chercher les moutons. Il doit les trouver et les ramener pour les enfermer. Ils se perdront dans des amas de neige si on les laisse errer, car celle-ci est ici parfois très épaisse.

Ils nous quittent pour amener les animaux à l'étable. Ils doivent repartir ensuite pour l'aider.

Les moutons sont des créatures stupides. Sans chien pour les garder, ils se dispersent ; les rassembler est chose difficile. La plupart étaient bien rentrés mais deux ont été retrouvés le lendemain matin, à moitié dévorés, leur sang tachant la neige fraîche.

Il n'y a pas de chauffage dans la Maison des assemblées. Le souffle se change en vapeur qui sort de nos narines, brouillant l'air glacé.

Le révérend Johnson a pris les moutons pour thème de son sermon, tandis que nos membres sont devenus complètement insensibles, et que nos nez et nos joues sont totalement engourdis.

« Nous sommes tous comparables à des brebis, nous sommes égarés... »
Parmi toutes les créatures de Dieu, rien ne me déplaît plus que d'être comparée à une brebis.
« Comme des moutons, ils sont étendus dans la tombe ; la mort se nourrira d'eux... »
« Ceux qui sont des aînés parmi vous, je vous exhorte... »
Il a regardé le premier rang où les aînés sont assis, tout de noir vêtus, figés, immobiles, comme sculptés dans du charbon.
« Nourris le troupeau de Dieu... Et quand le chef des bergers viendra, tu recevras une couronne de gloire... »
« De même, vous les plus jeunes, obéissez docilement à vos aînés... »
Son regard a glissé vers les rangs du fond et sur les côtés, là où se trouvent les enfants, les garçons avec leur père, les filles avec leur mère. Ils n'auront pas de mal à suivre ses instructions. Une conduite entêtée ou rebelle envers ses parents est un crime qui peut valoir la pendaison.
« Oui, soyez tous au service les uns des autres, et revêtus d'humilité : car Dieu résiste à l'orgueilleux et accorde sa grâce aux humbles. »
Son regard nous a englobés tous, puis, les paupières closes et sans le moindre battement de cils, il a ajouté :
« Soyez sobres et vigilants ; parce que votre adversaire, le Démon, tel un lion rugissant, rôde dans les parages, à la recherche de celui ou de celle qu'il pourra dévorer. »

L'œil qui nous scrute est aussi farouche que celui qui est peint sur la chaire.

Décembre 1659

L'hiver s'est installé comme pour nous assiéger. La neige s'empile jusqu'aux avant-toits et chaque jour le froid est un peu plus mordant que la veille. Le monde extérieur n'est plus que gris, blanc et noir. Nous sommes confinés à l'intérieur la plupart du temps, n'allant jamais loin, ne traversant que les quelques mètres qui séparent la maison de Martha de la nôtre.

Les jours raccourcissent vers Noël, sauf qu'il n'y a pas de Noël ici. Ce sera une journée de travail comme les autres, qui n'en différera en rien, sauf, naturellement, s'il coïncide avec le Sabbat.

Rebecca et moi traversons cet espace souvent. J'y vais pour voir Martha, mais elle y va pour être avec Tobias. Ils s'asseyent dans un coin, et chuchotent entre eux. En dehors du cercle du foyer, la pièce est mortellement froide, mais ils préfèrent se geler et conserver l'intimité que leur donne l'obscurité. Martha est censée servir de chaperon, mais elle est tolérante envers les amoureux qui veulent être seuls.

Rebecca accompagne souvent Tobias quand il va voir les animaux dans l'appentis qui jouxte la maison.

Martha et moi confectionnons une couverture en patchwork pour leur lit de noces. Nous cousons ensemble les morceaux de tissu que Martha avait mis de côté. Tobias a fabriqué un châssis pour le lit, et Martha a quémandé de la laine chez ceux qui élèvent des moutons pour compléter celle qu'elle a récoltée sur les haies et les buissons. Je l'ai aidée à la laver et à la carder pour faire le rembourrage.

Ce qui nous manque sera fait à partir de vieilles couvertures, de chiffons, de chemises et de bas trop troués pour pouvoir être raccommodés.

Le tissu du dessous est attaché au châssis, le rembourrage étalé, le dessus posé sur les deux autres couches. Martha marque le dessus pour la couture. Elle choisit les motifs, en les traçant avec un morceau de craie : des roses comme il en poussait dans son jardin, les glands et les feuilles de chêne des bois autour de son village, des baisers pour l'amour fidèle, des cœurs pour le mariage, des escargots et des spirales s'entortillant les uns autour des autres pour l'éternité. Nous travaillons en partant du centre et en allant vers les bords, terminant par une vigne vierge interminable qui enjambera l'ourlet et qui ne devra jamais être brisée parce qu'elle est un symbole de longue vie.

Rebecca n'a pas le droit d'aider. Elle rit et dit qu'elle fera la même chose pour moi lorsqu'elle sera depuis longtemps femme mariée. Elle me taquine. Elle a changé depuis peu. Elle n'est plus timide et réservée, elle sourit et éclate de rire, les joues rouges et les yeux brillants. On dirait une autre fille.

***

C'est janvier, et le froid empire, amenant avec lui de cruelles afflictions. Nous avions des gerçures et des engelures chez nous, mais ici, les pieds et les doigts peuvent être à ce point rongés par le froid que la chair pourrit. En plus des toux et des rhumes ordinaires, certains ont une maladie des poumons qui leur fait cracher le sang. Jonas a été si occupé à visiter les malades et à dispenser des remèdes qu'il est tombé malade lui-même.

La maladie a fait payer son lot à la congrégation du Sabbat, et ce dimanche, les places inoccupées sont encore plus nombreuses. Elias Cornwell n'est pas là non plus, et le révérend Johnson doit prêcher seul. Son épouse, bonne dame Johnson, est absente, avec la demi-rangée qu'occupent d'ordinaire ses petits.

Après l'office, Martha a été convoquée par le révérend Johnson.

« Vous devrez venir aider mon épouse.

– Elle est malade ? a demandé Martha d'un air inquiet, car bonne dame Johnson est enceinte.

– Pas elle. Certains des enfants ne sont pas bien.

– De quoi souffrent-ils ? »

Le révérend Johnson a eu l'air perdu, comme si les maladies de ses enfants n'étaient pas de son ressort.

« Ce sera à vous de le découvrir.

– Je veux dire, quels sont les symptômes ? Ont-ils de la fièvre ? Est-ce qu'ils toussent ?

– Toussent ? Oui. Ils toussent tellement qu'ils nous

empêchent de dormir. Je parviens à peine à penser. Je veux que vous mettiez un terme à cela.
— Je ferai ce que je pourrai. Mary... » Martha s'est retournée pour me dire d'aller lui chercher son panier.
« C'est toi, Mary ? » Les yeux du révérend Johnson, comme des canons de fusil, étaient pointés sur moi.
« Oui, monsieur.
— Mary, l'orpheline qui vit avec John et Sarah Rivers ? »
J'ai hoché la tête.
« J'ai entendu parler de toi.
— Qu'avez-vous entendu, monsieur ? De bonnes choses, j'espère.
— Pas seulement. Il s'est caressé la barbe. J'ai entendu dire que tu erres dans les bois.
— Uniquement pour ramasser des plantes pour Jonas et Martha.
— On m'a rapporté aussi que tu avais toujours beaucoup à dire pour ta défense. Dis-moi donc, Mary, abhorres-tu le diable et toutes ses manigances ?
— Oui, monsieur.
— Crois-tu en Dieu ? Vis-tu selon Sa Parole ?
— Oui. Oui, bien sûr ! »
J'ai hoché vigoureusement la tête.
« Pourquoi ce catéchisme ?
— Espérons que c'est bien le cas. Car je suis Son représentant ici dans cette communauté. N'oublie jamais cela. Il n'y a rien, rien qui m'échappe, ou que je ne sache. »
Il réfléchit un instant.

« Es-tu obéissante ?
— Oui, monsieur. »
J'ai gardé les yeux baissés, m'efforçant de paraître suffisamment soumise.
« Prends bien garde à toujours l'être. Souviens-toi : "la rébellion est comme le péché de sorcellerie". C'est écrit dans le Livre de Samuel. Occupez-vous des enfants, Martha. Je ne veux plus les entendre ce soir. »
Il nous a quittées sans même nous jeter un regard.

La maison du révérend Johnson est la plus grande de la colonie. Aussi grande que certaines de celles que j'ai vues à Salem, haute de deux étages, prolongée des deux côtés, avec des pignons sur le toit. Bonne dame Johnson nous a demandé de venir tous les jours, jusqu'à ce que les enfants aillent mieux.

Martha traite les enfants du révérend Johnson avec un sirop de son et de la réglisse bouillie dans du miel et une touche de vinaigre. Elle leur frotte la poitrine avec de la graisse d'oie, les emmaillote dans de la flanelle et leur fait respirer la vapeur d'une marmite dans laquelle elle fait infuser des feuilles de la forêt : pipsissewa, bergamote et menthe indigène.

Les enfants guérissent. La congestion disparaît. Ils iront bientôt beaucoup mieux. C'est bonne dame Johnson elle-même qui inquiète Martha. En dehors du grand renflement du bébé, elle est très maigre. Martha craint que le fait de porter un enfant sape ses forces au-delà du supportable.

***

L'hiver mord férocement dans notre vie à tous. Le froid est impitoyable, encore plus froid si c'est possible ; la nourriture se fait rare et la nourriture fraîche plus rare encore. Jonas craint que le typhus ne se déclare, comme sur le bateau. Sa réserve de jus de citron est bien près d'être épuisée.

Les hommes sortent chasser quand ils le peuvent, mais le gibier s'est enfui des bois qui nous entourent et les animaux qu'ils parviennent à attraper n'ont que la peau sur les os. Ce que nous réussissons à mettre de côté, nous le partageons. J'ai été convoquée par bonne dame Johnson. Martha offre d'y aller, mais dame Johnson dit que je dois venir, que Martha ne fera pas l'affaire. Elle a une faveur à me demander.

***

Bonne dame Johnson me fait entrer chez elle. Ses yeux semblent énormes dans son fin visage, et quand elle sourit, sa peau se tend au point que l'on devine son crâne dessous. Je lui ai apporté un sirop tonique de la part de Martha mais je crains bien qu'il ne lui soit pas d'une grande utilité. C'est comme si l'enfant qu'elle avait en elle se nourrissait d'elle, la consumait jusqu'aux os.

C'est une femme de cœur et elle sait que nos provisions sont maigres. Les enfants ont bien récupéré et elle veut nous manifester sa reconnaissance. Elle me charge de dons de nourriture à partager entre nous. Maïs, haricots blancs, haricots verts, flocons d'avoine, des pains qu'elle a fait cuire elle-même, et même quelques précieuses pommes, dont la peau ridée ne rend la saveur que plus douce.

« Maintenant, le service que j'ai à te demander. »

Elle prend ma main. Les siennes sont froides et si fines, la peau si tendue qu'elle en est presque transparente.

« Le neveu du révérend Johnson, Elias, est très occupé à compiler son *Livre des merveilles*, mais le froid lui a causé de douloureuses enflures aux articulations des mains. Il lui est donc difficile d'écrire. J'ai écrit sous sa dictée, mais souvent la force me manque. Il me dit que tu sais lire et écrire, que ton écriture est assez bonne et que tu ferais une remplaçante acceptable. Es-tu d'accord ? Si tu viens, naturellement, tu pourras manger ici et je m'assurerai que tu aies quelque chose à rapporter à la maison. »

Comment pourrais-je refuser ? Ce qu'elle m'a donné suffirait à nous nourrir tous pendant une semaine.

Je ne vois pas souvent le révérend Johnson quand je vais chez lui, et je ne m'en plains pas. Je n'aime pas la façon dont il m'a interrogée. Son étrange catéchisme m'a rendue nerveuse. Il ne mange jamais avec sa famille et se tient dans une partie distincte de la maison, aussi loin du bruit des enfants que possible. Quand je le vois, il m'ignore, comme si je n'étais pas digne de son attention.

Elias Cornwell a son propre bureau, une petite pièce nichée en haut d'un escalier en colimaçon. C'est une pièce étroite et sombre avec des panneaux de bois. Un feu brille dans l'âtre et de bonnes chandelles sont posées sur une table jonchée de papiers. C'est ici qu'il travaille à son opuscule. Cela a commencé par le journal qu'il tenait à bord du bateau mais cela doit désormais s'appeler :

*Livre des miracles, merveilles providentielles
et nombreuses choses remarquables
(dont l'occurrence est probable)*
par
Elias Cornwell

Je pense que ce titre est trop long, mais aussi qu'il serait déplacé de ma part d'en faire la remarque.

Il espère se rendre à Boston, au printemps, quand les routes seront praticables, et le donner à imprimer là-bas. Mais il en est encore bien loin. Il a amassé une très importante et très étrange collection d'histoires. Certaines sont ses propres expériences : nos remarquables délivrances en mer, notre voyage ici, guidés par la Providence. Il dispose aussi d'un récit de la fondation miraculeuse de la ville elle-même, relaté par le révérend Johnson et les premiers colons. Le reste est un recueil disparate de signes et de présages, de rêves et de miracles collectés Dieu sait où. Des lumières étranges, des comètes brûlant à travers le ciel, des maisons étrangement hantées et le son de tambours invisibles, des femmes et des bêtes sauvages aux progénitures monstrueuses, des livres de conjurations qui refusent de brûler et je ne sais quoi d'autre encore. J'ignore également qui les lui fournit, mais il y a plus de contes de bonnes femmes là-dedans que n'importe quelle vieille radoteuse de village n'en conserve dans son giron.

Tandis que j'écris, Elias fait les cent pas dans la pièce, en faisant craquer ses longs doigts pour soulager ses jointures rougies. Tout en marchant, il parle, et quand il parle, s'allume dans ses yeux pâles une lueur fanatique et froide, aussi hivernale que le soleil se reflétant sur la glace dehors.

« L'hiver resserre ses griffes. Les navires sont pris dans les glaces du port de Boston. Les loups ont de plus en plus d'audace. Les enfants tombent malades. Le bétail meurt.

– Mais cela se produit tous les ans.

– Cette année est pire, et la suivante sera pire encore, et ainsi de suite, jusqu'à ce qu'il neige toute l'année. Nous sommes en l'an 1660. Nous entrons dans les derniers jours, Mary. Il ne reste plus que quelques années avant 1666, l'année de la Bête. Ne comprends-tu pas ? Le règne de Satan est tout autour de nous. Nous devons être plus que jamais vigilants, sinon, nous nous laisserons corrompre, comme tout le reste. Seuls les purs, les sans-tache, seront dignes d'accueillir le Christ quand il reviendra. »

Quelquefois il s'approche de moi, se penchant pour voir ce que j'écris. Je sens son haleine à l'odeur de poisson, je la sens sur ma joue et sur mon cou et je me retiens pour ne pas suffoquer et vomir.

Il croit véritablement en l'avènement du Christ, et que son royaume aura pour centre Beulah. Son seul souci est que cela ne se produise pas avant qu'il ait pu porter son livre chez l'imprimeur. Je pense qu'il est plus qu'un peu fou.

La faim dévaste la ville et les loups deviennent en effet plus audacieux, il a raison sur ce point. Il est tombé de la neige fraîche la nuit dernière et Tobias m'a montré ce matin une série de traces descendant droit par la rue principale, les pattes de devant larges, et celles de derrière plus étroites.

« C'est peut-être un chien…
– Impossible. »

Son ami Ned a craché. Il fait si froid que son crachat a gelé avant de toucher la neige. Les traces remontaient jusqu'à la Maison des assemblées. Elles s'arrêtaient avant la rangée de têtes, comme si la bête avait senti qu'il y avait des membres de son espèce cloués là-dedans, puis elles reprenaient. Près de la porte, la neige avait fondu, et gelé jaune, là où elle s'était assise.

« Elle montre c'qu'elle pense de vous », ricana Ned, montrant ses dents déjà décolorées, striées et bordées de rouge, du sang de ses gencives.

L'aînée des filles de bonne dame Johnson est tombée malade maintenant, si bien que je passe souvent la journée avec elle, pour l'aider à s'occuper des enfants plus petits, tout comme Rebecca aide Sarah. Je n'ai pas l'impression d'être une domestique. Bonne dame Johnson est proche de son terme et prend grand soin des enfants, de sorte qu'elle a besoin de tout le soutien dont je suis capable. D'ailleurs, elle a été bonne pour nous. Sans elle, nous serions morts de faim ou aurions dû manger le maïs que nous conservons pour le planter. En partageant entre nous tous ce qu'elle nous donne, nous allons peut-être tout juste parvenir à nous en sortir. Quand le travail est fini et que les enfants sont tranquilles dans leur coin, nous nous asseyons dans la cuisine, et elle me donne de la bière chaude aux épices, avec un morceau de cake à tremper dedans. Elle me pose des questions sur mon passé. Je lui ai dit ce que j'ai pu, mais elle sait que je cache quelque chose.

Un silence s'installe alors entre nous, rendant ces moments lourds et étranges, jusqu'à ce qu'un jour elle me dise :

« Tu ne m'as pas tout raconté, n'est-ce pas, Mary ? »

Je ne peux pas lui mentir. Elle est si douce et si bonne, lui mentir serait un péché.

« Ne me demandez rien de plus. »

Je ne peux pas en parler. Pas dans cette maison.

Je me souviens des mots du révérend Johnson : « Je suis Son représentant. »

« Tu ne laisseras pas en vie la magicienne. » Je l'ai entendu fulminer cela en chaire.

« Je pense pouvoir deviner. Je n'ai pas toujours été comme je suis maintenant. »

Ses yeux décolorés fixent profondément les miens et virent au bleu foncé, presque violet.

« Quand j'avais ton âge, je courais partout en liberté. Moi aussi, je vivais chez ma grand-mère. Je n'ai jamais connu mon père. Il était soldat. Ma mère est partie pour le suivre et personne ne l'a jamais plus revue. Je suis devenue femme au moment où le pays plongeait dans la guerre. Bien des régions étaient hors la loi et, dans cette confusion, sont apparus des hommes malfaisants, prêts à pêcher dans des eaux déjà troubles et boueuses. Je pense que tu sais de quelle sorte d'hommes je veux parler. Ils sont venus dans notre ville pour déraciner la sorcellerie, comme ils disaient, mais ce qui les intéressait vraiment, c'était leur salaire, vingt shillings pour libérer la ville des sorcières. Ma grand-mère était morte à l'époque, Dieu merci elle fut épargnée, mais leur attention se tourna alors vers moi. »

Pendant qu'elle parlait, j'étais envahie par mes propres souvenirs et mon sang tour à tour brûlait de haine et se glaçait de peur.

« Ils m'ont chassée comme un animal, attachée et jetée dans l'étang du moulin, pour voir si j'allais flotter. J'ai coulé, j'avais mains et pieds liés, je ne pouvais pas atteindre la surface, et même si j'y étais parvenue, j'aurais été pendue comme une sorcière. Je me noyais. J'étais au fond, levant les yeux vers eux. Je vois encore leurs visages à travers les rides de l'eau, en cercle au-dessus de moi, attendant que cela se produise. Puis, tout à coup, une grande éclaboussure a brisé la surface de l'eau. Quelqu'un plongeait vers moi. Des bras forts m'ont prise à la taille et m'ont ramenée à la surface. C'était un jeune prêtre, en route vers sa première paroisse. Il avait suivi les cris et le brouhaha et, quand il a vu ce qui était en train de se faire, il a plongé pour me ramener à Dieu. Il a dénoncé le chasseur de sorcières et ses hommes comme des charlatans plus intéressés par l'argent que par le salut des âmes. Il a sur l'instant exorcisé les démons et les a expulsés hors de moi, tout en me faisant vomir une partie de l'eau que j'avais avalée. »

Elle a souri à ce souvenir, puis ses lèvres ont eu un petit mouvement amer, comme si la vie ne lui avait pas donné la joie et l'espoir que ce moment lui avait fait attendre.

« Il m'a baptisée ce jour-là, dans l'étang du Moulin, et un bon nombre d'autres avec moi. Et quand il est parti, je suis partie avec lui.

– Il vous a sauvée ?

– Absolument. Je lui dois la vie. J'ai fait vœu d'être pour lui une bonne épouse et de mener une vie pieuse. Et je l'ai fait. J'ai baissé la tête en prières et en signe d'obéissance, j'ai porté ses enfants. »

Elle s'est emparée de mes mains.

« J'ai changé. Tu peux faire pareil !

– Et si je ne le pouvais pas ? »

Mes mots n'étaient qu'un murmure. Son regard s'est éloigné de moi et elle a retiré ses mains.

« Alors, que le Seigneur ait pitié de toi !

— J'essaierai, bonne dame Johnson. J'essaierai vraiment. »
J'ai dit ce qu'elle voulait entendre, parce qu'elle avait été bonne et que je voulais lui faire plaisir. Je ne pouvais pas dire ce que je pensais réellement : si j'avais eu à choisir entre la vie qu'elle avait menée et la mort par noyade, j'aurais choisi cette dernière.

✯✯✯

J'ai vu le loup. J'étais à la lisière du bois, cherchant des noix qui auraient pu échapper aux écureuils. Certaines ont perdu leurs vertus et n'ont pas grand goût, mais elles peuvent être râpées avec des glands pour faire de la farine et les noix de pécan sont meilleures que jamais.

J'étais en train de dégager la neige en grattant ici et là, quand j'ai senti des picotements sur ma peau. J'ai levé les yeux, m'attendant à voir Geai, et me demandant ce qu'il faisait là, quand j'ai vu la louve, à moins de dix mètres. Elle ressemblait beaucoup à un chien, mais en plus gros, avec une fourrure de couleur mate tirant sur le gris. Un peu plus pâle au cou, là où le poil s'épaississait en une touffe ébouriffée, avec une raie noire courant sur le dos. Elle restait plantée sur ses larges pattes avant, forte des épaules et du poitrail. Ses flancs étaient plus fins, montant et descendant au rythme de sa respiration. Son corps s'amincissait vers des pattes arrière fines et un postérieur étroit. Elle était pantelante, crachant de la vapeur blanche dans l'air froid, la langue rouge pendant à travers de longs crocs blancs. Elle m'a regardée de ses yeux dorés et je l'ai regardée.

Je n'avais pas peur. Je voulais seulement qu'elle s'en aille. La faim lui avait creusé le ventre et je savais qu'on avait posé des pièges pour elle à la lisière de la forêt.

Nous sommes restées toutes deux parfaitement immobiles, comme prises dans un instant où le temps s'était arrêté. Puis elle s'est éloignée rapidement, comme si elle avait entendu mon message, en bondissant ; sa forme sombre s'est perdue dans l'obscurité touffue des arbres.

***

Bonne dame Johnson est morte. Elle est morte la semaine dernière, la deuxième semaine de février. Elle est morte en couches.

« Elle n'aurait jamais dû en avoir un autre. Celui-là pourrait la tuer. »

Martha l'avait dit depuis le début. Et elle l'a répété encore en se hâtant vers la salle d'accouchement. Puis elle a regardé par-dessus son épaule pour s'assurer que personne ne l'avait entendue. On aurait pu croire, à l'entendre, qu'elle lui souhaitait du mal. Et une matrone doit faire attention.

Martha et moi avons aidé à la naissance. Bonne dame Johnson a travaillé longtemps, jusqu'à l'épuisement et au-delà. Cela a pris un jour entier et une partie du suivant. Bonne dame Johnson était étroite de bassin, malgré tant d'enfants, et n'avait plus la force de pousser. Le bébé était gros et, quand il est venu, il avait le cordon enroulé autour du cou. J'ai dû pratiquement le sortir d'elle. J'ai coupé le cordon, et donné l'enfant à Martha qui lui a jeté un regard et l'a recouvert d'un linge.

Elle a regardé fixement la mère, étendue comme morte, et s'est retournée, le visage gris avec une expression fermée.

« J'ai bien peur qu'il faille les enterrer ensemble. »

Martha a essayé tout ce qu'elle connaissait, mais elle n'est pas parvenue à la sauver. Elle avait donné jusqu'à la dernière once de ses forces, et elle était simplement en train de nous quitter. Elle s'est éveillée, à un moment donné, et a demandé à voir le bébé. Martha lui a répondu par un petit signe de refus de la tête. Elle a tourné le visage vers le mur, les yeux fermés, les paupières d'un violet profond sur sa peau cireuse.

Elle ne les a plus jamais rouverts.

Martha a fait appeler le révérend Johnson. Il hésitait à entrer dans la pièce, emplie qu'elle était de l'odeur du sang et de l'accouchement. Il croyait en l'enseignement de la Bible qui considère une femme impure après qu'elle a donné naissance.

« Si vous voulez la voir en vie, vous devez venir immédiatement, lui a dit Martha. Et amener vos enfants pour qu'ils puissent dire adieu à leur mère et à leur frère. »

Bonne dame Johnson gisait, immobile, comme si elle avait déjà entrepris son dernier et très dangereux voyage, mais les voix de ses enfants et leurs larmes ont paru la ramener à la vie. Ses paupières ont palpité et sa main fine s'est accrochée au rebord du lit. La voix du révérend Johnson s'est élevée, entonnant une louange au Seigneur. Martha et moi nous sommes retirées, laissant la famille passer ensemble ces derniers instants.

Dehors, il neigeait de nouveau. Nous avons repris, d'un pas lourd, le chemin du retour.

« Une autre bonne dame qui s'en va », a soupiré Martha tandis que nous pataugions dans la neige. Elle avait l'air fatiguée, vaincue. Son visage accusait soudain son âge.

« C'est une rude tâche que la nôtre. La naissance et la mort vont trop souvent ensemble, à mon goût. Espérons que l'on ne nous en tiendra pas responsables. »

Elle n'a rien ajouté de plus, mais je savais ce qu'elle voulait dire. Être une matrone, être guérisseuse comporte des dangers. Si tout va bien, tout le monde est reconnaissant. Mais quand les choses tournent mal, comme c'est trop souvent le cas, alors, c'est une autre histoire. « Ceux qui peuvent guérir peuvent aussi faire du mal », ce sont les bruits qui courent. « Ceux qui peuvent guérir peuvent tuer. »

Nous avons longé la Maison des assemblées. Un autre loup a été capturé. Sa tête fraîchement tranchée dégoutte de sang sur la neige poudreuse. Les dents découvertes ont un rictus méfiant et les yeux voilés par la mort ont conservé une lueur jaunâtre. J'espère que ce n'est pas la louve que j'ai vue à la lisière de la forêt, mais je ne saurais le dire.

Mars 1660

Le sol est aussi dur que le fer. Malgré ce que dit le calendrier, l'hiver semble mettre de la mauvaise volonté à retirer ses griffes. Bonne dame Johnson gît depuis quinze jours et sa tombe n'est toujours pas creusée.

Elle et l'enfant sont allongés, enroulés dans le même drap, déposés dans une maison ouverte où le froid préservera leurs corps de la décomposition, jusqu'à ce que la neige ait suffisamment fondu pour qu'on puisse prendre la pelle.

Début mars 1660

Mère Johnson a été enterrée aujourd'hui. Elias Cornwell a conduit l'office. Le révérend Johnson se tenait droit, tête basse, entouré des aînés de ses enfants, en larmes, et des plus petits, secoués de sanglots.

« L'homme qui est né de la femme… »

Les paroles ont résonné au-dessus de la colline tachée de neige, çà et là, tandis qu'on descendait bonne dame Johnson dans la fosse. La morsure du froid était forte. Le révérend Johnson s'essuyait le nez et se tapotait les yeux, sans que l'on puisse dire si c'était le vent ou le chagrin qui faisait venir ses larmes.

Fin mars 1660

Ce dimanche, le révérend Johnson a utilisé un texte de saint Paul pour son sermon dominical :

« Mieux vaut se marier que brûler. »

Peu de ceux qui l'écoutent se trompent sur ce qu'il veut dire. Le révérend Johnson est à la recherche d'une nouvelle femme, alors que l'herbe qui pousse sur la tombe de l'ancienne n'a pas encore un doigt d'épaisseur. Il veut quelqu'un qui s'occupe de sa progéniture et réchauffe son lit, et il n'en fait pas un secret. Les candidates ne manquent pas. Les jeunes filles et leurs mères grattent les restes tombés au fond de leur garde-manger pour lui faire du pain, des cakes, des tartes et des tourtes. Il est invité à dîner, chaque soir dans une maison différente.

Deborah Vane, pour commencer, a jeté son dévolu sur lui. Elle ne passe plus l'office du dimanche à gigoter sur son banc et à bâiller. Elle n'a plus besoin d'être aiguillonnée pour se réveiller. Elle se tient maintenant assise bien droite, le dos raide, le regard avide, buvant chaque parole qui tombe de la chaire, quittant à peine le révérend Johnson des yeux, si ce n'est pour prendre des notes dans un petit cahier qu'elle garde sur ses genoux. Sauf quand c'est au tour d'Elias Cornwell de prêcher. Alors, elle se remet à glousser avec sa sœur, en chuchotant des commentaires sur lui, la main devant la bouche, comme elle le faisait autrefois.

De l'autre côté de l'allée centrale, Ned Cardwell est assis, le nez et les oreilles rouges, à contempler fixement ses bottes. C'est un homme à tout faire, mais il a de l'ambition et son admiration pour Deborah n'est un secret pour personne. Sur sa rangée, Josiah Crompton, lui aussi, broie du noir. Il conservait encore quelque espoir, du moins d'après ce que m'a dit Tobias. Deborah les ignore tous les deux. Elle n'a d'yeux que pour le révérend Johnson.

Mars-avril [?] 1660

Le révérend Johnson ne la regarde pas du tout. En temps normal, je devrais m'en réjouir ; j'ai aussi peu d'affection pour Deborah qu'elle en a pour moi. Mais son humiliation ne me procure aucun plaisir. Je voudrais tant que le révérend Johnson l'épouse, aussi vite que possible. Ce serait infiniment préférable à ce qui vient de se passer.

Le prédicateur a jeté les yeux sur Rebecca. Alors qu'il sait qu'elle est la promise de Tobias, il est allé parler à son père, et a demandé sa main.

J'ai trouvé Rebecca en larmes, ce qui n'est guère surprenant. Je pleurerais, moi aussi, et des larmes amères, si j'étais à sa place.

« Qu'en pense ta mère ?
— Elle est de mon côté.
— Est-ce que ton père a donné sa réponse ?
— Pas encore.
— Alors va le voir. Défends-toi. Il ne s'opposera pas à ton bonheur. »

Je l'ai tirée par le bras pour tenter de la remettre sur ses pieds, mais elle s'est affaissée et elle est retombée assise, en proie à de nouveaux sanglots, la tête entre les bras.

« Allons, Rebecca. Ce n'est pas si terrible que cela...
— Il y a pire encore.
— Pire ? »

Je ne comprenais pas : que pouvait-il y avoir de pire que d'être contrainte à un mariage avec le révérend Johnson ?

Elle a levé la tête, nerveuse, son visage d'ordinaire pâle rougi et gonflé par tant de pleurs.

« Tu ne comprends pas ? Faut-il que je te fasse un dessin ? J'attends un enfant ! »

Je me suis effondrée à côté d'elle.

« Un enfant ?

— Oui, m'a-t-elle répondu dans un souffle. Mais parle plus bas et ne répète à personne ce que je te dis.

— De qui ?

— À ton avis ?

— Tobias ?

— Bien sûr, de lui. » Elle a tordu son mouchoir trempé. « Nous pensions nous marier au printemps. Mais maintenant… »

Ses lèvres ont recommencé à trembler.

« Et Martha ? Elle doit connaître un moyen de… »

Elle m'a attrapé par le bras, et l'a retenu en y enfonçant ses ongles.

« Tu ne vas rien lui dire ! Ce serait un péché mortel et, en plus, c'est l'enfant de Tobias !

— Il le sait ?

— Pas encore.

— Tu dois le lui dire. Tout de suite. Il doit aller voir ton père et lui demander la permission de t'épouser immédiatement.

— Et si mon père ne la lui donne pas ?

— Alors, tu devras lui dire la raison. »

Ses yeux noisette se sont élargis.

« Je ne peux pas !
— Tu le dois ! Au point où en sont les choses, il n'y a rien d'autre à faire ! Il donnera son autorisation. La honte serait trop grande, autrement. Il ne voudrait pas que l'on dise que tu es impure...
— Moi non plus ! » Elle rougit encore plus. « Je ne le suis pas, et je ne veux pas que mon père pense cela de moi.
— Parle à ta mère, alors. Raconte-lui. Mais fais vite, avant que ton père n'aie le temps de se décider en faveur du révérend Johnson. »

Avril 1660

Le sol s'est assez ramolli pour qu'on y passe la charrue. John Rivers est toute la journée dehors, où il met la terre en pièces, comme il le ferait d'un ennemi, conduisant sa paire de bœufs comme s'il s'apprêtait à retourner tout le village sous sa charrue. Il commence à l'aube, et revient au crépuscule sans dire un mot, le regard sombre sous ses sourcils noirs, la mâchoire saillante comme si elle avait été taillée dans le granit.

Martha n'a pas mis longtemps à comprendre ce qui se passait, quand Sarah lui a demandé si Rebecca était venue lui demander conseil. Martha a offert l'aide qu'elle pourrait apporter, mais celle-ci, une fois de plus, a été refusée.

Les deux femmes sont assises et murmurent entre elles près du feu, et je ne suis pas invitée à partager leurs conciliabules. Je vais voir Rebecca qui garde la chambre, où elle pleure et soupire, dans l'attente de la décision de son père.

Tobias ne se mêle de rien. Quand il apparaît, Jonas et Martha secouent la tête dans sa direction, et il marche comme sur des œufs. Il passe la plupart de son temps à l'étable, avec les animaux, ou dehors, dans la forêt.

Nous attendons tous de voir ce que va faire John Rivers. Sa réponse ne tarde pas. Il aime sa fille, et avait une certaine sympathie pour Tobias avant que tout cela ne se produise. Il n'est pas homme à aller contre sa femme. Elle l'a beaucoup supplié, et pour finir, il a donné son consentement.

Dimanche, les bans de Rebecca et Tobias seront publiés, ils flotteront sur la porte de la Maison des assemblées et, à la fin du mois, les fiancés seront mariés.

***

Le révérend Johnson m'a attrapée après l'office du dimanche, comme je lisais les bans de publication apposés sur la porte de la Maison des assemblées.

« Je veux te parler, a-t-il dit.

— À moi, monsieur ? À quel propos ? »

Il n'a pas répondu, estimant peut-être ma question trop insolente. Ses yeux noirs me transperçaient. Il m'a attrapée par le menton, pour relever mon visage vers le sien.

« L'ennemi méphitique parfois se cache derrière un beau visage, n'as-tu jamais entendu dire cela, Mary ? »

J'étais incapable de répondre : sa question m'avait frappée de terreur ; j'étais devenue muette. J'ai secoué la tête

aussi vigoureusement que je le pouvais, tenue comme je l'étais par ses doigts qui m'emprisonnaient.
Il ne semblait pas attendre de réponse.
« Je l'ai entendu. Ah, et vu, aussi. »
Il m'a libéré le menton.
« Je pense que tu te mêles de choses qui ne te concernent pas.
– Moi ? Me mêler de choses... Je ne vous comprends pas.
– Je pense que si. »
Il ne dit rien de plus, resta juste là, les mains jointes, les yeux fixés sur l'annonce du mariage.
« Maître Tobias Morse et Mlle Rebecca Rivers... »
J'ai détourné rapidement les yeux, ne voulant pas montrer que je le comprenais.
« Si je vous ai offensé, monsieur...
– Ne cherche pas à me tromper en feignant la servilité. »
Sa voix profonde et calme était lourde de menace, pareille au grondement du tonnerre dans le lointain qui promet l'orage.
« Il y a quelque chose chez toi qui ne m'inspire pas confiance. Elias pense que tu es inoffensive, mais il se pourrait que je découvre je ne sais quoi. Je pense qu'il est guidé, dans cette appréciation, par autre chose que son esprit. Tu lui as peut-être jeté un sort ?
– Non, monsieur, je...
– Tu viens dans ma maison, a-t-il poursuivi comme si je n'avais jamais parlé, comme s'il se parlait à lui-même, et ma

femme meurt, mon enfant à côté d'elle. Peut-être leur as-tu jeté un sort, à eux aussi ?

— Oh, non, monsieur… »

Les mots se desséchaient dans ma bouche. Le sang se retira de mon visage. J'avais le souffle court et rapide. J'ai pensé que j'allais m'évanouir. Ses accusations étaient si sérieuses, et elles avaient déclenché une telle tornade dans mon esprit, que je ne parvenais à penser à rien d'autre.

« J'en cherche une autre et je suis contrecarré sur-le-champ. Combien de mauvais coups du sort un homme doit-il subir avant d'en rechercher la cause ?

— Une cause, monsieur ?

— Sorcellerie. »

Il s'était penché pour se rapprocher, et m'avait murmuré le mot à l'oreille, d'une voix si basse et proche que je me demandais si j'avais bien compris. J'ai senti ses yeux noirs posés sur moi, mais je n'ai pas osé le regarder. J'ai gardé les yeux rivés au sol. Je ne sais pas ce qui se serait passé si l'un des membres du Conseil des élus ne s'était avancé pour lui parler.

« Va ton chemin, Mary, a-t-il dit en me congédiant. Mais je t'avertis. Le plus petit soupçon sur toi, et tes jours ici seront comptés. »

Je suis partie avec cet avertissement me résonnant dans les oreilles. Je sais pourquoi il est à ce point mécontent. Il avait grande envie de Rebecca et il a bien deviné que je me suis interposée entre lui et les espoirs qu'il nourrissait à son égard. C'est un homme d'une intelligence aiguë, mais sa croyance aux mauvais sorts et à la sorcellerie détournent ses perceptions du simple bon sens, et lui fait voir les choses autrement.

Notre conversation n'a pas duré plus d'une minute. Parfois, je me demande si je ne l'ai pas rêvée. À d'autres moments, je sais bien qu'il n'en est rien, et qu'elle a bel et bien eu lieu. Le moindre souvenir de cet instant me réveille en sursaut, la nuit, et je me mets à trembler.

Je n'en parlerai pas à Martha. Elle mourrait d'inquiétude. Je vais faire tous les efforts possibles pour ne jamais être sur son chemin, et pour ne rien faire, absolument rien, qui attire l'attention sur moi.

***

L'hiver a finalement desserré son étreinte. Une grande pluie a balayé les restes de neige. Le soleil chauffe et l'on entend partout le chant de l'eau qui coule. C'est le moment des labours et des semailles. Les rythmes profonds de la vie se font entendre même ici, dans ce Nouveau Monde, avec ses bêtes sauvages et ses grandes forêts menaçantes, avec ses chaleurs et ses froids extrêmes.

Chaque jour, de grands vols d'oies et de canards sauvages passent au-dessus de nos têtes, de retour du sud. Je pense à Geai et à Aigle Blanc. Je n'ai ni vu ni entendu le moindre signe d'eux. Je m'inquiète parce que Geai m'avait parlé de guerre. Je me demande où ils se trouvent, s'ils reviendront près d'ici et si je les reverrai un jour.

Certaines plantes dont ils ont confié le nom à Jonas commencent à donner de nouvelles pousses, et Jonas nourrit les plus grands espoirs pour les graines que j'ai recueillies pour lui. Le jardin d'herbes médicinales me donne le mal du pays : ses petits massifs entourés de murs sont disposés en formes géométriques strictement imbriquées, suivant le modèle anglais bien connu, et les pieds de sauge et de thym dégagent une senteur qui me rappelle tellement ma grand-mère et les herbes qu'elle faisait pousser que je souffre physiquement du désir de la revoir.

J'avais presque oublié le lièvre. Je ne l'avais pas vu de tout l'hiver, et n'en avait plus entendu parler non plus. Jusqu'à hier soir.

J'étais dans la prairie du bas. Elle n'est pas loin de la lisière de la forêt ; la lumière baissait et la nuit s'installait. Je rentrais les vaches pour les traire quand, soudain, un lièvre a bondi, juste devant moi. Rien ne m'avait précédemment avertie de sa présence, mais ce sont des animaux rusés, difficiles à détecter quand ils ne sont pas à découvert. Ils sont aussi très timides et, généralement, détalent à toute allure devant les gens, mais ce n'est pas du tout ce qu'a fait celui-là. Il m'a regardé de ses yeux ronds et bruns, d'un regard presque humain dans son visage d'animal couleur fauve. Son large nez a bougé, en faisant remonter la longue lèvre supérieure, fendue.

Je sais que c'est elle, mais pourquoi vient-elle ? Pour m'avertir, pour me protéger, pour demander vengeance ? Pendant un instant, j'ai eu l'impression qu'elle voulait me parler, mais de la ville s'est fait entendre un aboiement de chien et le lièvre est parti d'un bond sur ses grandes pattes noires, en zigzaguant vers la ligne des arbres.

***

Tobias et Rebecca sont mariés. Je suis revenue auprès de Martha. Tobias a emménagé dans la pièce que je partageais avec Rebecca. Il a ses propres terres, où il va construire une maison pour son épouse, mais tant qu'elle ne sera pas terminée, ils vivront avec son père et sa mère. Martha et moi avons aidé Sarah à tout préparer pour eux. La couverture en patchwork, posée sur le lit de noces, était splendide.

En fait, les gens qui sont venus à la fête du mariage ont tellement admiré le patchwork que d'autres personnes ont demandé à Martha de leur en coudre un. Martha pense qu'elle pourrait tirer un bon profit de ce travail, en particulier si je pouvais l'aider, mais il ne lui reste guère de tissu, et elle n'a aucun moyen d'en confectionner d'autres, à moins d'en faire venir de Salem.

La ville évite tout contact avec le monde extérieur, et la fonte printanière a embourbé les quelques routes existantes. Mais dès qu'il sera possible de voyager, Tobias projette de partir avec un chariot au marché de Salem. Il s'est occupé tout l'hiver à fabriquer des tables, des chaises et des longailles pour tonneaux. Il les troquera contre du tissu, des clous, des graines, des serrures, des charnières – toutes choses dont nous avons besoin et que nous ne pouvons pas fabriquer –, qu'il rapportera et vendra à leur tour. Il a toujours travaillé dur, mais à présent il travaille plus dur encore. Il est fermement décidé à assurer une bonne vie à Rebecca et au bébé.

Veille du Ier mai 1660

Tout le monde n'est pas heureux de voir Rebecca et Tobias mariés. Ce dimanche, le révérend Johnson a froncé les sourcils du haut de la chaire et son sermon était plus sinistre que jamais. Deborah Vane partage sa colère. Son vague à l'âme rejaillit sur sa sœur Hannah et leurs amies Sarah Garner et Elizabeth Denning. Elles nous regardent en plissant les yeux, pendant l'office, et chuchotent entre elles, chaque fois qu'elles nous voient ensemble, Rebecca et moi. Je les croyais aussi inoffensives que les piqûres de moustiques en été, jusqu'à ce que je les rencontre un matin, rentrant de la forêt. Elles portaient des paniers remplis de fleurs sauvages qui poussent par ici. Les bois sont maintenant enveloppés d'une écharpe de verdure et le sol est recouvert d'un tapis coloré. Leurs paniers regorgeaient de fleurs printanières : fleurs à épines, ramages de lobélie, délicates primeroses, orchidées et lys ; mais, juste en dessous, en un clin d'œil, j'ai pu apercevoir des plantes d'une autre sorte : des têtes violettes d'aconit, quelque chose qui ressemblait à de la ciguë, des roseaux à l'odeur forte et à feuilles grasses, et une espèce d'arum sauvage, qui ne ressemble pas à une fleur.

« Où t'en vas-tu ? Dans la forêt ? a demandé Deborah, jouant la naïve, tandis que les autres ricanaient sous cape.
— Ouais. »
J'avais mon panier et mon déplantoir à la main.
« Je vais retrouver Jonas. Nous cueillons des plantes ensemble. Il dit que le jardin a besoin de couleurs. »
À ces mots, les gloussements se changèrent en éclats de rire.
« Tu ne vas pas dans la forêt pour ramasser des fleurs, m'a lancé Sarah Garner d'un ton méprisant.
— Et tu n'y vas pas non plus avec maître Morse, a ajouté Elizabeth Denning.
— Ah bon ? Qu'est-ce que j'y fais, alors ?
— Nous le savons. »
Deborah a regardé les autres qui minaudaient ensemble, l'œil sournois.
« Nous le savons, ont-elles répété en chœur.
— Et que savez-vous donc ?
— Que ce n'est pas seulement ce que tu y fais. »
Deborah s'est penchée vers moi, en se cachant la bouche de la main comme lorsqu'on veut confesser un secret, et m'a susurré à l'oreille :
« Nous savons !
— Vous savez quoi ?
— Que tu parles aux animaux. Que tu courbes les arbres par la force de ta volonté. Que tu conjures les esprits. Que tu rencontres les Indiens. Et que tu danses toute nue ! »

Elle avait lancé sa dernière phrase dans un souffle, puis elle se mit à rire bruyamment.

« Regardez ! Elle rougit ! »

Les autres se sont jointes à elle, ravies de rire à mes dépens.

« Qui ne rougirait pas à ma place ? »

Je commençais à bouillir.

« Ces suggestions sont grossières et insultantes !

– Tu rougis parce que tu es coupable. Nous savons ce que tu fais, a déclaré Deborah en insistant sur chaque syllabe comme quand on lance une provocation, et en agitant frénétiquement un doigt devant mon nez. Tu jettes des sorts aux gens. Mais t'inquiète pas... » Elle regardait les autres. « Nous ne dirons rien. Pas si tu promets de nous aider.

– Vous aider ? Et comment ? »

J'essayais de garder une voix calme, mais je ruisselais de sueur. Chacune de leurs paroles m'emplissait de terreur.

« Ne fais pas l'innocente. Nous savons ce que tu sais faire. C'est aujourd'hui la veille du Ier mai – une très grande nuit pour les sorcières, je crois... »

Elle plissa encore les yeux.

« Une nuit où tu peux voir des choses.

– Comme ton futur mari par exemple, renchérit Hannah. Et te lier à lui, si tu en as le don ! »

Elle avait couiné ces derniers mots et, excitée comme elle l'était, elle ressemblait encore plus à une fouine.

« C'est là où tu peux nous aider.

– Je ne peux pas. Je n'ai pas le don dont vous parlez.

– Nous savons que si, dit Deborah avec un sourire. Tu l'as fait pour Rebecca, tu peux le faire pour nous.
– Quoi ?
– Rebecca et Tobias. Tu as tissé un sort pour le lier à elle. C'est comme s'il avait bu un philtre d'amour. »
Les autres riaient nerveusement.
« C'est ton œuvre.
– Il y a certainement de la magie là-dedans, ai-je dit en essayant de rire. Mais je n'y suis pour rien.
– N'essaie pas de biaiser avec nous. Tu as assuré Tobias à Rebecca. Il ne l'aurait pas choisie ; pourquoi elle ? Elle est laide. Tu as même tourné le révérend Johnson vers elle en le détournant de moi ! »
Elle a plissé les yeux en lâchant :
« À moins que tu ne le veuilles pour toi !
– Moi et le révérend Johnson ! »
Là, il m'a bien fallu rire.
« Maintenant, je sais que tu délires.
– Elias Cornwell, alors ! s'écria Sarah Garner. Tout le monde sait qu'il ne supporte pas d'entendre un mot contre toi et qu'il te préfère à toutes les autres !
– Peut-être bien, mais je n'ai rien fait pour l'encourager.
– Oh que si ! siffla Deborah Vane.
– Non ! » Je leur ai tenu tête. « Vous êtes folles. Toutes autant que vous êtes… »
Ainsi, voilà ce qu'il en est : Sarah voudrait Elias Cornwell pour elle. C'est une grande fille sans grâce, au visage long et mince. Elle ferait une bonne épouse pour lui, mais je

ne l'aiderai pas, pas plus que les autres. Elles ont tout prévu. Deborah veut le révérend Johnson, Elizabeth Denning veut Josiah Crompton. Et elles veulent que je jette des sorts pour que ces hommes deviennent leurs maris.
« Et toi ? »
J'ai relevé le petit menton pointu d'Hannah.
« N'es-tu pas trop jeune pour choisir un amoureux ? »
J'ai souri, essayant encore de prendre les choses à la légère : elle ne peut pas avoir beaucoup plus de neuf ou dix ans.
« Je ne suis pas trop jeune, m'a-t-elle répondu avec un sourire qui découvrait les petites aiguilles pointues qui lui servent de dents. Je veux Tobiaz, a-t-elle dit en zézayant sur la fin du nom. Je veux que tu jettes un mauvais sort à Rebecca. Fais une poupée. Plante des aiguilles dedans.
— Rebecca est mon amie. »
J'ai resserré les doigts sur son menton.
« Et si tu fais quoi que ce soit, contre elle, ou contre son enfant...
— Arrête ! »
Elle lutta pour se dégager de ma poigne.
« Deborah, elle me fait mal !
— Je te ferai plus mal que ça si tu ne prends pas garde. »
Je les ai toutes regardées.
« Je ne vous aiderai pas. Et je vous conseille vivement de me laisser tranquille. »
J'ai repris mon chemin, en essayant d'oublier leurs paroles d'enfants dépitées, de mauvaises langues. Elles ont

continué leur route, portant leurs paniers remplis de fleurs pour faire des guirlandes de mai, alors que pareilles choses sont interdites ici. Et les herbes cachées sous les fleurs, au fond des paniers, étaient destinées à la confection d'un brouet de sorcières. Je devine leur intention, et cela me glace le sang et me rend le cœur aussi lourd qu'une pierre.

Mai 1660

« Des signes de sorcellerie, de pratiques immondes, ont été trouvés dans la forêt ! »

La voix du révérend Johnson tonne du haut de la chaire. Il est interdit à quiconque de parler, mais la congrégation frémit de crainte, comme des feuilles sous le vent. Je regarde le long des rangs. Deborah Vane est devenue très pâle, tout comme sa sœur auprès d'elle. Sarah Garner et Elizabeth Denning regardent attentivement leurs chaussures. Il y a eu des rumeurs toute la semaine à ce sujet. Les traces d'un feu à la lisière de la forêt. Des cendres sur le sol, des bouts de bougies consumées, et les restes éparpillés de quelque potion maléfique, herbes fétides et grenouilles bouillies à blanc.

« Les œuvres de Satan. Ici, à Beulah. Sacrilège ! Iniquité ! Je vous en avertis, mes frères, mes sœurs, vous devez rester constamment vigilants ! Observez sans relâche ce qui se passe autour de vous ! L'infâme suppôt et ses sbires sont partout et nous guettent – même à Beulah ! Ils gambadent et baragouinent dans la forêt, conduisant leurs rites païens à moins d'un mille de la maison de Dieu ! »

Il parle des Indiens. Il poursuit, s'échauffant sur son thème, prévenant qu'ils sont partout, vivant de la forêt aussi nombreux que des puces sur le pelage d'un chien. Le fait de ne pas les voir ne les rend que plus dangereux. Ils sont les instruments du diable, les associés du démon lui-même, décidés à nous chasser de ce lieu, de cette terre qui est légitimement nôtre. Il ordonne à des patrouilles de garder la colonie, et à des hommes armés de mousquets d'aller dans les bois.

Je vois les filles reprendre leur souffle. Elles se reculent sur leur siège, les yeux fermés en prière de remerciement silencieux. Hannah glisse un petit sourire satisfait vers sa sœur et commence à jouer avec une poupée qu'elle a sur les genoux.

J'ai prêté l'oreille dans l'espoir d'entendre Geai, essayant de distinguer un cri de l'autre, attendant que son appel émerge de la clameur insignifiante des autres oiseaux. Ce soir, j'ai eu l'impression de l'entendre, insistant, proche de la maison.

J'ai beau mourir d'envie de le voir, Martha m'a interdit d'aller dans les bois, mais j'attends qu'elle se rende chez Sarah, dans la maison d'à côté. Je dois le prévenir. Je ne peux pas le laisser s'exposer au danger. La peur est grande ici. Les patrouilles se poursuivent. Si on les trouve dans les parages, lui et son grand-père seront abattus.

Il est juste à la lisière de la forêt, non loin de la maison. Je suis heureuse de le voir, et il a un cadeau pour moi, une paire de mocassins ornés de perles de bois comme ceux qu'il porte lui-même. Mais je n'ai guère le temps de l'en remercier ou de faire plus que le prévenir. Au moment même où nous nous rencontrons, j'entends Martha qui m'appelle. Je cache les mocassins dans mon châle et espère passer près d'elle sans qu'elle me voie, mais elle me surprend. Elle est aussi soucieuse que possible, son visage rose est devenu pâle et marbré. Jonas n'est pas là, il aide Tobias à construire la maison de Rebecca. Nous sommes en tête à tête.

« Que vas-tu faire, toute seule dans les bois ?
– Rien. Je ne fais que me promener.
– Tu sais bien que je te l'ai interdit ! Tu connais les rumeurs qui courent déjà à ton sujet. Surtout en ce moment...
– Oui. Et je t'ai obéi. Sauf ce soir. Il y avait quelque chose que je devais faire.
– Tu n'y vas pas pour des pratiques ? »

Il n'y a personne d'autre ici, mais Martha a baissé la voix comme si les murs pouvaient nous trahir. Elle ne croit pas que ce qui a été trouvé dans la forêt ait le moindre rapport avec les Indiens.

« Oh, Martha ! Tu sais bien que ce n'était pas moi ! Je ne ferais jamais des choses aussi stupides !
– Je ne le pensais pas. Mais pourtant, tu conserves cela ! »

Elle a brandi mon journal à bout de bras.

« Où l'as-tu trouvé ?
– Dans ton coffre. »
Je m'en suis emparée mais elle ne le lâche pas et le retient plus fort. La première page se déchire. Je tiens une ligne arrachée dans mon poing : *Je suis Mary. Je suis…*
« Une sorcière ! » La voix de Martha se fait sifflante. « Tu es folle de l'écrire. Si je peux le trouver, eux aussi le peuvent. Tu pourrais nous faire pendre tous !
– Tu savais que je tenais ce journal.
– Mais pas ce que tu écrivais dedans ! Je n'ai jamais espionné quiconque, Mary, ce n'est pas dans mes habitudes. Je pensais que tu écrivais comme le font les autres filles, à propos de choses de tous les jours, d'amoureux et de rêves. J'aurais dû m'en douter. »
Elle serre la page très fort et la froisse.
« Tu n'es pas comme les autres filles, n'est-ce pas ? »
Elle a un mouvement vif pour jeter les papiers au feu, mais je suis plus rapide qu'elle. Je l'arrête avant qu'elle parvienne à l'âtre.
« Non, Martha. Tu ne peux pas faire cela. »
Les mots ont un pouvoir. Et ceux-ci sont les miens. Elle n'a pas le droit de les détruire. Sa volonté faiblit. Ses mains se rabaissent.
« Alors fais-le toi-même.
– Je le ferai, je te le promets.
– Fais-le immédiatement. Il ne faudra pas longtemps avant que les soupçons se détournent des Indiens et de choses inexistantes. Il y aura des fouilles. On cherchera des

preuves. Des poupées, des sorts, des malédictions, des tablettes. Si j'ai pu trouver cela, ils peuvent le trouver aussi. Et s'ils y parviennent, aucun pouvoir sur terre ne pourra plus te sauver. »

Elle a agité les papiers devant mon visage, et les a jetés sur la table devant moi.

« Brûle-les ! Débarrasse-toi de cela ! »

Sur ces mots, elle s'est retirée, me laissant seule. Je suis allée dans ma petite chambre, au bout de la maison, et j'ai tiré mon coffre de sous le lit. Au-dessus se trouve le patchwork que Martha et moi sommes en train de confectionner. Dessous se trouve ma besace. J'ai pris le petit morceau de papier toujours roulé dans ma main, et en le pliant très petit, je l'ai mis là, avec les quelques affaires que je conserve, le médaillon que m'a donné ma grand-mère, le demi-shilling d'argent dont Jack m'a fait cadeau. J'ai glissé les mocassins brodés tout au fond de mon coffre et suis revenue dans la grande pièce, pleinement décidée à faire ce que Martha attendait de moi.

Je suis restée assise dans le fauteuil pendant un long moment, regardant le foyer rougeoyant s'écrouler en cendres.

J'ai pris soudain conscience de bruits au-dessus de ma tête. J'ai commencé à penser que lorsque Martha redescendrait, elle verrait que je n'avais pas fait ce qu'elle avait dit. Mais il n'y eut plus de mouvement, pas de pieds sur l'échelle, elle avait dû simplement se retourner dans son lit. Je me suis détendue, les yeux fixés au plafond, captivée

par le cadre de la couverture en patchwork suspendu là-haut.
Je sais. Je sais ce que je dois faire.

***

J'ai commencé le soir même, roulant les pages aussi fin que des brindilles et les glissant dans le rembourrage entre la couverture et la doublure. Ils pourront fouiller autant qu'ils le voudront, ils ne le trouveront plus, maintenant.

Juin 1660

Les jours s'allongent jusqu'à la mi-été, et la lumière demeure jusque tard dans la soirée. Quand la journée de travail est terminée, Tobias et Jonas prennent de quoi dîner et s'en vont sur le terrain de Tobias. Ils profitent des nuits claires pour défricher la terre et travailler à la maison. Parfois, John Rivers se joint à eux. Sarah et Rebecca restent assises dehors avec Martha et moi pour coudre le patchwork.

Il est fait d'une belle pièce de tiretaine que Tobias m'a rapportée de Salem. La couleur en est d'un beau bleu nuit, et j'y dessine mes propres motifs : des fleurs pour le jardin de ma grand-mère, des voiles pour les bateaux qui nous ont amenés ici, des aiguilles de pin et des feuilles de chêne pour la forêt, des plumes pour les gens qui y vivent, des petites cabanes pour nous.

Martha fronce les sourcils et grommelle que ces motifs ne sont pas traditionnels, mais le patchwork est à moi, et je ne me soucie pas le moins du monde de ce qu'elle en pense. Elle peut mettre ses spirales dans les coins et border le tout d'une vigne vierge interminable. Je ne veux pas que l'on touche à mes motifs. Je les crée suffisamment larges, afin qu'ils constituent comme des poches. Plus tard, j'accomplis le travail de Pénélope, défaisant les coutures de la journée, et dissimulant chaque page dessous.

La Saint-Jean. Le solstice d'été. La journée la plus chaude que j'aie jamais connue, bien que le soleil ne se soit pas montré. Les nuages sont restés au-dessus du village, bas et épais, depuis très tôt le matin. C'était irrespirable. Comme si l'on étouffait sous une couverture chaude et humide. Le crépuscule est venu très vite, accompagné d'un bruyant chœur de grenouilles et de criquets. Puis, tout à coup, tout s'est tu, et la nuit est descendue, aussi noire que l'hiver.

Il y avait peu de lumière pour travailler et la couverture en patchwork était moite, absorbant l'humidité de l'atmosphère. Martha a suggéré que nous rentrions dans la maison et allumions des chandelles. Elle avait l'impression qu'un orage se préparait, et, comme pour lui donner raison, de petits éclats de lumière se sont montrés à l'horizon vers le sud. Encore très lointains, mais c'était suffisant pour replier le patchwork.

Rebecca est dans son cinquième mois. Tobias n'était pas là ce soir-là, il défrichait son terrain et travaillait à leur maison. Jonas l'avait accompagné, ainsi que John Rivers et Joseph, le plus vieux des garçons Rivers. Ils nous avaient laissées, nous les femmes, à la maison. Nous sommes allées chez Sarah, et Rebecca m'a demandé de lui tenir compagnie. C'est une bonne chose qu'elle l'ait fait. Martha est restée elle aussi. Elle n'aime pas le tonnerre et ne voulait pas être seule avec la tempête qui approchait.

Nous avons été nous coucher en l'attendant, mais lorsqu'elle nous a réveillées nous avons vraiment cru que c'était la fin du monde. Je ne partage pas la peur de Martha devant les orages, mais celui-ci était le plus violent que j'aie jamais vu. Rebecca et moi nous sommes serrées l'une contre l'autre, tandis que des éclairs terrifiants éclairaient la pièce de lueurs blanches et bleues. Le tonnerre suivait moins d'un battement de cœur après, chaque explosion plus violente que la précédente. La pluie tombait avec une force féroce, tambourinant sur le toit et sur les murs de la maison. Au-dessus de nous, les petits se sont mis à crier. L'échelle a craqué quand Sarah est allée les voir, et leurs hurlements se sont changés en sanglots de peur pitoyables.

Tout à coup, au plus fort de l'orage, dans le chaos des sons rugissants, on put distinguer une voix humaine hurlant de terreur. Mais personne n'eut le courage d'aller voir qui c'était, ou ne risqua d'être trempé pour lui porter secours.

L'aube du lendemain matin était claire, la pluie partie, mais l'orage avait fait beaucoup de dégâts. Routes et sentiers avaient été balayés, les cultures dans les champs pratiquement couchées à terre. Tous les pétales des fleurs de Martha étaient flétris.

Il ne nous fallut pas longtemps pour découvrir qui avait hurlé dans la nuit. Tom Carter. Le vieil homme qui habitait près de la forêt. Il était l'un des rares hommes célibataires à avoir une concession dans ce coin, un maigre petit lopin plein de rocailles et de souches, et la cabane dans laquelle il vivait n'était guère plus qu'un terrier. Il ne faisait pas pousser grand-chose, gagnant plutôt sa vie en distillant des liqueurs fortes avec ce qu'il trouvait dans la forêt.

La nuit de l'orage, il était allé vers les arbres pour se soulager, comme il dit. Tout à coup, un éclair avait changé l'obscurité autour de lui en pleine lumière du jour, et il les avait vues, les formes blanches des esprits flottant à travers bois, allant d'un arbre à l'autre.

Cette vision l'avait précipité vers la ville, la chemise à moitié sortie, et retenant son pantalon des deux mains, criant comme s'il avait les démons de l'enfer à ses trousses.

Certains furent portés à rire, surtout ceux qui le virent, et à penser que la raison de tout cela était qu'il avait trop bu d'un breuvage de sa fabrication, mais d'autres étaient d'un avis différent.

Les apparitions et les violentes tempêtes doivent être prises très au sérieux. On emmena Tom Carter raconter son histoire au révérend Johnson et à Elias Cornwell. Ils reconduisirent un Tom Carter toujours terrifié jusqu'à la forêt, accompagnés de Jethro Vane, de Nathaniel Clench et d'Ezekiel Francis, des élus et des connétables du village, ainsi que d'autres membres de la Garde.

« Ils ont trouvé quelque chose. » Cette rumeur s'est répandue partout plus vite qu'un feu de paille sèche, mais personne ne sait exactement quoi.

***

Ils n'ont pas perdu de temps. Il y a eu des coups frappés à la porte. Martha l'a ouverte pour trouver Jethro Vane et Ezekiel Francis qui se tenaient là avec un autre des connétables.

« Vous deux, vous devez venir avec nous.
– Pourquoi donc, beau-frère ? a demandé Martha en le regardant droit dans les yeux.
– Ordre du révérend. » Ezekiel est devenu rouge comme la crête d'un dindon.

« Nous sommes arrêtées ?
– Non, mais… »

Pas encore semblaient dire ses yeux.

« Passez votre chemin, dans ce cas. J'ai des choses à faire. Des hommes affamés à nourrir. Certains n'ont pas le temps d'aller d'un bout à l'autre du village pour rudoyer les gens. Ils sont aux champs et nous les attendons d'un instant à l'autre.

– Ce sont les ordres du révérend.
– Si le révérend Johnson a quelque chose à me dire, il peut venir le faire lui-même ici. »

Jethro Vane a fait un mouvement vers elle, comme s'il voulait l'emmener de force, mais les deux autres hommes l'ont retenu. Ils se sont regardés, la perplexité se lisant sur leurs visages. Ils ne s'attendaient pas à cela. Ils ne savaient que faire.
Finalement, Ezekiel Francis a dit :
« Nous reviendrons. »
Ils s'en allèrent, laissant Martha bouleversée. Il lui fallut un moment pour retrouver son calme et me dire :
« Va chercher Sarah. Quand ils reviendront, nous devrons être tous ensemble. Nous ne pouvons pas compter sur les hommes. Ils ne seront pas de retour avant la soirée, malgré ce que j'ai pu dire. »

Ils sont revenus en nombre, et ont changé la maison en tribunal, le révérend Johnson et Nathaniel Clench avec eux. Nathaniel Clench est un magistrat, il est là pour représenter la justice et l'équité, mais chacun sait qu'il est l'homme de Johnson.
« Où étiez-vous la nuit dernière, la nuit de l'orage ? »
C'était le révérend Johnson qui menait l'interrogatoire.
« Au lit, en train de dormir, a répondu Martha.
– Pas vous, Martha. »
Il s'est tourné vers moi.
« Toi.
– Au lit, à dormir, tout comme elle.
– Vous n'avez pas quitté la maison ?
– Non. »

Avant qu'il puisse mettre en doute ce que je disais, Sarah a pris la parole :
« Elle était avec nous. Nos hommes ne sont pas là, nous sommes donc restées ensemble. Mary a dormi à côté de Rebecca. »

Johnson ne s'attendait pas à cette intervention. Il a regardé Sarah, grondant d'impatience, comme un animal auquel on dérobe sa proie.

« Nous étions toutes ensemble », a-t-elle insisté d'une voix calme et tranquille.

Rebecca et Martha ont hoché la tête pour confirmer ses dires.

Il s'est tourné vers Rebecca.

« Et vous n'avez pas quitté la maison, ni séparément... » Il fit une pause, esquissant un sourire. « ... ni ensemble ? »

Nous avons secoué la tête.

« Pourquoi nous posez-vous ces questions ? » a demandé Sarah.

Elle s'adressait au révérend Johnson, mais ses yeux flamboyaient en direction des autres hommes. Nathaniel Clench est son beau-frère. Il a baissé les yeux et fixé le sol.

« Je ne te pose pas de question à toi, je les interroge elles. Il y a eu une réunion dans les bois. Nous en avons trouvé des preuves.

– Une réunion, dans quel but ?

– Pour invoquer les esprits, femme ! s'est exclamé Ezekiel Francis. Vous avez sûrement entendu parler de Tom Carter. Il est témoin.

– Témoin de quoi ? » Le mépris s'entendait dans la voix de Sarah. « De ses propres affabulations d'ivrogne ?

– De plus, nous avons les preuves de la présence d'une femme. »

Le révérend Johnson nous a regardées, Rebecca et moi. « Reconnaissez-vous ces objets ?

– Ma fille attend un enfant ! »

Sarah a fait un pas en avant, sérieusement en colère. « Croyez-vous qu'elle mettrait en danger une vie encore à naître pour aller baguenauder dans les bois ? Non. Vous devez aller chercher ailleurs.

– Peut-être sont-elles sorties sans que vous le remarquiez ? »

Les yeux plissés d'Ezekiel se fermèrent encore un peu plus. « Il n'y a qu'une porte dans cette maison. Elles auraient dû passer par-dessus mon corps pour y arriver. Ou suggéreriez-vous que je me suis jointe à elles ? »

Elle avait pris un ton cassant.

« C'est à cela que les questions de ce genre conduisent tout naturellement, n'est-ce pas ? »

Elle a fixé les hommes d'un regard glacé. Son beau-frère Nathaniel Clench paraissait de plus en plus mal à l'aise. Et quelques autres avec lui. Martha et moi sommes du menu fretin, mais Sarah Rivers, c'est autre chose. Elle a des relations influentes. Elle et John sont hautement respectés.

« Nous ne suggérons rien de pareil. »

Johnson a remarqué la réaction de Clench et il y a eu un certain flottement parmi les hommes. D'un geste, il a intimé à Francis de se taire.

« Il n'en reste pas moins que ces choses ont été trouvées et que ce sont des vêtements féminins. »

Je me suis avancée pour les inspecter. Un chapeau et un jupon. Tous deux très froissés, maculés de boue de la forêt et encore trempés de la nuit précédente.

« Cela ne nous irait ni à l'une ni à l'autre. Le jupon est trop large pour moi et trop étroit pour Rebecca. Et le chapeau trop petit pour toutes les deux. »

Le chapeau était si petit qu'il aurait pu appartenir à une enfant. L'ourlet du jupon était décoré d'une libre broderie.

« Pourquoi venir nous trouver, nous ? Vous devez trouvez une fille à peine plus grande qu'un enfant, et une autre qui porte des fanfreluches sous ses vêtements. »

J'ai regardé Jethro Vane. La description correspondait à ses nièces, pas à nous, et il le savait.

***

Sarah a exprimé bruyamment son indignation de ce que la suspicion se soit portée sur nous, mais Martha et moi avons gardé le silence. Nous savons comment ces choses peuvent tourner. Elle a parlé à John, mais il a conseillé la prudence. Il pense qu'il y aura quelque explication toute simple et que la chose passera, comme un orage d'été.

Juillet [?] 1660

Bien évidemment, Deborah et Hannah Vane ont été interrogées, et bien sûr, elles avaient concocté ensemble une fable crédible. Elles avaient eu de nombreux avertissements et tout le temps nécessaire pour le faire.

Elles racontèrent que, marchant dans les bois, quelques jours plus tôt, elles s'étaient soudain senties si accablées par la chaleur qu'elles avaient dû ôter certains de leurs vêtements, et oh oui, c'était un jupon, et oh oui, c'était un chapeau. Elles ont continué à marcher, toujours très fatiguées, et, dans un moment de négligence, ont oublié de rapporter les vêtements de la forêt.

On les a crues. Naturellement. Elles sont les nièces de Jethro Vane et c'est un homme puissant en ville.

La Fin

Juillet-août 1660

J'écris ceci aussi vite que possible pour le glisser dans le patchwork. Je couds et j'écris, je couds et j'écris, tard dans la nuit.

Les filles étaient bien là-bas cette nuit-là, à conjurer les esprits. Je le sais avec autant de certitude que si j'y étais allée avec elles. L'orage a éclaté sur elles, les forçant à interrompre les stupidités qu'elles étaient en train de faire et à s'enfuir dans la panique. C'est à ce moment-là que Tom Carter les a vues.

Je pensais que cela les aurait arrêtées. Mais ce ne fut pas le cas.

Elles avaient presque été prises, et cela aurait dû amplement leur servir de leçon. Ce qui s'était passé par cette nuit de la Saint-Jean aurait dû mettre un terme à leur folie. Maintenant, elles croient avoir le pouvoir de provoquer des orages. Elles perdent du poids, leurs yeux flamboient. Je connais le calendrier des sorcières. Chaque mois, au fur et à mesure que la pleine lune approche, les comportements étranges des deux filles s'accentuent. Hannah a été exclue de l'office du dimanche à deux reprises pour avoir interrompu les sermons, parlé fort, puis avoir été prise de ricanements et de crises de fou rire incontrôlables. C'est comme si elles avaient une maladie, une fièvre dans le sang. Elles ne pratiquent pas seulement dans la forêt mais dans des étables, dans la maison de l'une ou de l'autre. Je les ai surveillées. J'ai vu la lueur tremblotante des chandelles, et l'ombre des silhouettes dansant et tournant sur les murs.

***

Les bois commencent à se colorer. Les champs mûrissent, annonçant l'automne, mais la fin de l'année a apporté toute une série de calamités : animaux morts sans aucune raison, d'autres donnant un lait épais et jaune, mêlé de sang dans le seau, puis une gigantesque tempête de grêle qui a jeté les récoltes à terre. C'est comme si un nuage noir malfaisant s'était installé au-dessus de la ville, une sorte de signe avant-coureur, comme si quelque chose de mauvais était sur le point de se produire.

Le révérend Johnson a ordonné un jour de contrition, une prière et un jeûne solennels, un temps pour que nous puissions implorer le pardon de Dieu car nous avons attisé sa colère.

En ce jour de contrition, le révérend avait à peine commencé son sermon qu'il y eut un grand remue-ménage. Hannah Vane tomba nez en avant de son siège et perdit totalement connaissance. Puis Deborah tomba à côté d'elle, et sa cousine aussi. Les filles tombaient de leur banc comme des étourneaux gelés. Le révérend Johnson s'est interrompu et a ordonné qu'on les emporte. On les a transportées, certaines aussi raides et droites que des bûches, d'autres toutes molles et si lourdes qu'il a fallu deux hommes pour les porter.

« L'affliction s'est répandue dans la communauté, elle touche même les enfants. C'est un très grand mystère... »
Le révérend Johnson parlait dans un souffle, le visage comme frappé par le tonnerre, les yeux agrandis et creusés par la peur.

***

Les filles ne vont pas mieux. Certaines d'entre elles sont inconscientes et gisent comme mortes, d'autres gesticulent et pestent, se griffant ou déchirant leurs vêtements, insultant et maudissant tous ceux qui s'approchent d'elles. Devant l'insistance de Jethro Vane et de quelques autres, le révérend Johnson a envoyé Elias Cornwell à Salem pour qu'il en ramène un médecin.

Pendant ce temps, les rumeurs vont bon train. Des fragments de récit circulent d'une personne à l'autre. Quand on les rassemble tous, on n'est pas très loin de ce qui s'est réellement passé.

Je tiens ceci de Martha, qui l'a appris de sa sœur Anne Francis.

Deborah et Hannah Vane, Sarah Garner et Elizabeth Denning et d'autres inconnues ont été trouvées dans une étable en train de danser nues. Un fermier a entendu ses bêtes beugler, et, au bruit qu'elles faisaient, il a senti que quelque chose devait les déranger. Il a été voir ce que c'était, armé d'un mousquet, pensant qu'il s'agissait peut-être d'Indiens en train de le dévaliser. En ouvrant les portes, il a pu voir les filles qui détalaient, tentant de se cacher dans les meules de foin.

Et la suite, c'est Jonas qui l'a apprise de la bouche de Tom Carter.

Il ne s'agissait pas d'un fermier quelconque, mais de Jeremiah Vane lui-même. Frère de Jethro, chef des élus de la ville. Il a attrapé sa propre fille et une de ses nièces. Très effrayé, il leur a ordonné de s'habiller, puis il leur a juré le secret, en leur faisant promettre de ne jamais rien refaire de pareil. Personne n'aurait jamais dû le savoir, si ce n'est...

Je tiens la suite de Rebecca, qui l'a apprise de Tobias qui la tenait lui-même de Ned Cardwell.

Ned s'était caché au grenier pour les espionner. Il l'avait déjà fait auparavant. Ces danses, d'après lui, étaient quelque chose qu'elles faisaient régulièrement. Ned est l'homme à gages de Jethro Vane. Vane est un mauvais maître et un vieil avare. Ned voit là un moyen de lui soutirer quelque chose. Il va trouver Vane en lui demandant sa liberté et de l'argent pour s'installer à son compte. Il veut Deborah également, si le vieil homme y consent, ou Ned ira trouver Johnson, et lui dira que l'une des filles Vane et deux de ses nièces sont de connivence avec le Malin. Vane dit qu'il va y réfléchir. Ned dit à Deborah que son oncle a intérêt à se décider vite ou qu'autrement il dira tout ce qu'il sait.

Deborah le dit à Hannah, qui est à moitié folle de toute façon, et qui se réfugie dans la démence. Les autres filles la suivent. Toutes folles maintenant.

J'ai expliqué toute l'affaire à Rebecca, car elle ne parvient pas à trouver un sens à tout cela.

Pourquoi faire semblant d'être possédée ? Elle ne voit pas à quoi cela peut bien servir. Elle ne voit pas en quoi cela pourrait les rendre moins coupables.

« Si, lui dis-je. Car si elles sont possédées par le Démon, ou par tout autre esprit, alors elles ne sont pas responsables de ce qu'elles font, c'est l'esprit qui l'est. »

Rebecca m'a regardée d'un air curieux.

« Comment se fait-il que tu saches tout cela ? »

Elle est plus âgée que moi, mais paraît plus jeune, bien que ce soit une femme maintenant, et qui attend un enfant. Elle a pris du poids, ses joues resplendissent. Elle est heureuse avec Tobias, la maison qu'il construit pour elle est presque prête. Je prie pour que tout cela ne mette pas en danger leur vie commune.

« Il vaut mieux pour toi que tu ne le saches pas. »

J'ai tourné la tête, essayant de maîtriser ma terreur. Le fardeau de la culpabilité ne restera pas sur les épaules des malades. Ils regarderont autour d'eux, prompts à blâmer quelqu'un d'autre, et j'ai peur que ce soit moi. Ces filles m'ont toujours haïe. Deborah tout particulièrement, et c'est elle leur meneuse. Elle est mortellement jalouse de Rebecca et elle est persuadée que j'ai contrecarré ses plans.

Un médecin est venu de Salem, amené par Elias Cornwell. Au premier coup d'œil sur les filles, il a affirmé qu'aucun médicament ne pouvait guérir cette maladie, que leur folie résultait de la sorcellerie. Il a confirmé ce que le révérend Johnson pensait depuis le début. Le docteur a été remercié et Nathaniel Clench a envoyé Cornwell chercher quelqu'un qui puisse prouver la présence de sorcellerie. Selon Cornwell, il y a un nouveau venu dans la colonie qui a cette sorte de connaissance.

Après lui, les magistrats viendront, et les juges. La situation est claire. Si un homme ou une femme est sorcier ou sorcière, il ou elle sera mis à mort.

Selon l'Exode 22,17 : « Tu ne laisseras pas en vie la magicienne. »

Selon le Lévitique 20,27 : « L'homme ou la femme qui parmi vous serait nécromant ou devin : ils seront mis à mort, on les lapidera, leur sang retombera sur eux. »

C'est la loi de Dieu qui règne ici.

***

Ce sont peut-être les derniers mots que j'écrirai jamais. Les écrire me prend un temps précieux, et j'ai grand-peur pour ma vie, mais j'ai le sentiment qu'il est de mon devoir de porter témoignage.

L'homme qu'ils attendaient est venu.

Aujourd'hui a été déclaré un nouveau jour de contrition. Tout le monde a été convoqué pour l'office dans la maison des assemblées. Il ne pourrait y avoir d'exception. Une absence serait un aveu de culpabilité.

Le lieu était plein à craquer. Les filles affligées étaient devant. Certaines étaient assises, affalées, d'autres étendues sur des brancards. Cela avait commencé avec cinq filles : Deborah, Hannah, leur cousine Judith Vane, Sarah Garner et Elizabeth Denning. Maintenant, il y en avait d'autres. Elles étaient toute une petite troupe. Hannah Vane était assise à une extrémité, marmonnant pour elle-même, tordant une poupée. Des choses pareilles lui sont permises puisqu'elle semble n'être guère plus qu'une enfant. Ce n'est pas une enfant. Au moment où nous prenions place, elle a attrapé sa poupée par la taille, mettant le tissu en boule, et le tordant méchamment. À côté de moi, Rebecca s'est pliée en deux, en se tenant le ventre. Elle a dit dans un souffle que ses douleurs avaient commencé, que le bébé arrivait avant terme. J'ai regardé Hannah, dont la tête ballottait, langue pendante. Ses yeux ont pétillé de méchanceté et ses petites dents pointues m'ont souri, avant qu'elle reprenne son simulacre d'idiotie.

Sarah et Martha ont aidé Rebecca à se lever. Je suis allée la conduire à l'extérieur avec elles. Nous avons trouvé la voie barrée. Deux connétables se tenaient devant la porte.

« Personne n'a le droit de sortir. Ordres du révérend Johnson.

– Voulez-vous donc qu'elle accouche dans la Maison des assemblées ? » La voix de Sarah s'est élevée, assez forte pour être entendue par nos hommes. Tobias et Jonas ont quitté

leur siège pour venir vers nous, accompagnés de John Rivers.
Les connétables se sont regardés. Ni l'un ni l'autre n'est homme à transgresser les ordres.
Elias Cornwell est apparu sans qu'on l'ait vu venir.
« Elles peuvent partir. »
Sa voix était douce, pleine d'une compassion feinte.
« Pas toi, Mary. Tu dois rester. »
Il a murmuré cela en s'approchant très près, me soufflant son haleine à l'odeur de poisson dans les narines. Sa main maigre m'a contrainte à retourner à ma place. Il a fait un signe aux hommes derrière moi et s'est frayé un passage jusqu'au premier rang.
Tout était silencieux. Même les filles affligées ont interrompu leurs marmonnements lorsque le révérend Johnson est entré dans la salle.
Il n'était pas seul. Un autre homme l'accompagnait. Pas Elias Cornwell, il s'était posté près des filles malades. Quelqu'un que personne n'avait vu encore. Sauf moi.
J'ai regardé et j'ai cru avoir des visions, c'était comme si je revivais le passé en voyant Obadiah Wilson monter en chaire. Il avançait lentement, se tenant à la rampe qui court tout du long. Il s'est arrêté en haut, les phalanges blanches sur la balustrade ronde. Je savais que c'était lui, même si ses cheveux étaient plus fins, son visage pâle encore plus blanc, et si des taches de fièvre apparaissaient en haut de ses joues creusées. Et il me connaissait. Il a regardé par-dessus les têtes de tous ceux qui se trouvaient devant lui, promenant un

regard pâle et inquisiteur jusqu'à ce qu'il me trouve. Il a commencé à parler, mais il a été pris soudain d'un accès de toux. Il s'est couvert la bouche de son mouchoir, et quand il l'a retiré, le lin blanc était couvert de sang. Il a repris :

« Il est quelqu'un parmi vous... »

Sa voix était basse et rauque, à peine plus forte qu'un murmure, comme des épis de maïs que l'on frotte l'un contre l'autre, mais elle a résonné à travers la salle comme un appel à la trompette.

« Une personne parmi vous est venue comme un loup dans la bergerie, quelqu'un parmi vous porte la marque de la Bête ! »

Il gardait son bras noir tendu, un doigt osseux pointé directement sur moi.

Sa poitrine chétive s'est soulevée tandis qu'il reprenait son souffle pour en dire plus, mais Hannah s'était déjà levée de sa place. Elle n'avait pas prononcé une seule phrase cohérente depuis qu'elle était affligée. Mais maintenant, elle hurlait :

« Mary, c'est Mary ! Elle me visite constamment en esprit ! »

Des cris se sont élevés de toutes parts dans la salle.

« Elle parle ! Elle parle !
– L'envoûtement est rompu !
– Loué soit le Seigneur ! »

Alors, elles se sont toutes dressées, toutes les autres filles ensemble, et ont crié d'une seule voix :

« Mary ! Mary ! Mary ! »

Elles se sont tournées, pointant le doigt dans la même direction qu'Obadiah Wilson.
« Mary ! Mary ! Mary !
– Amène-t-elle quelqu'un d'autre avec elle ? »
Le murmure insistant de la voix d'Obadiah Wilson se faisait de nouveau entendre du haut de la chaire.
« Elle apporte le diable avec elle ! Elle me demande d'écrire dans le livre du démon ! »
C'est Hannah qui lui avait répondu. Soudain, elle s'est mise à hurler comme si elle avait été pincée ou piquée. Son visage s'est déformé et ses mains ont couru sur son corps, l'écorchant et tirant sur ses vêtements.
« Elle me hante. Elle s'empare de ma volonté et s'y oppose ! Ne fais pas ça, Mary ! Ne fais pas ça ! »
– Ne fais pas ça, Mary ! Ne fais pas ça ! »
Elles se sont toutes mises à trembler et à trépider comme des marionnettes suspendues au même fil.
« Elle me suit partout comme mon ombre ! Je suis glacée ! Je suis glacée ! »
Elias Cornwell a fait un pas en avant, touchant chaque fille l'une après l'autre.
« Elles sont froides ! »
Son ton était celui de l'émerveillement.
« C'est vrai ! C'est vrai !
– Maintenant, c'est un oiseau ! »
Hannah a agité les mains vers le plafond.
« Regardez comme elle vole ! Elle vole ! Elle vole ! »
Les filles ont toutes regardé fixement dans la même direc-

tion, tirant le cou, la tête allant de gauche à droite comme si elles avaient suivi des yeux un vol qu'elles étaient seules à voir. Il n'en fallait pas plus à Obadiah Wilson.
« Saisissez-la ! Amenez-la-moi ! »
Il a donné l'ordre de sa voix rauque et le révérend Johnson a fait un signe aux connétables en faction à la porte. Ils ont fait un pas en avant dans ma direction, mais une mêlée inextricable nous séparait : tout autour, les gens s'étaient levés en se poussant les uns les autres pour voir ce qui se passait. Les filles pleuraient partout dans la salle, courant en tous sens, tombant et s'évanouissant. Je me suis accroupie, esquivant les coups de coude, et j'ai enjambé le banc pour atteindre le fond de la salle. Tobias m'avait vue. Il a quitté sa place sur le banc des hommes et soulevé la barre qui fermait la porte. Je me suis glissée sous son bras et la porte s'est refermée derrière moi. Je l'ai entendu remettre la barre en place, et j'ai vu la porte bouger quand il s'y est adossé, la repoussant de tout son poids.

J'ai trouvé refuge dans la salle d'accouchement de Rebecca. Elle est proche de son terme, très proche. Martha dit qu'ils n'oseront pas entrer ici. Sarah m'a apporté ce que je lui ai demandé : de la nourriture, des vêtements de garçon, une couverture. Dans mon coffre je prends les mocassins et la petite bourse de cuir que je m'attache autour du cou. Les rares objets auxquels je tiens. Tout ce que j'ai à moi. Tout ce que la vie m'a donné à ce jour. Tout ce que je peux emporter avec moi dans la forêt. Je dois tenter ma chance là-bas. Si je reste ici, je serai pendue à coup sûr. Je voudrais rester. Je voudrais voir le bébé naître sain et sauf. Les douleurs de Rebecca se rapprochent, ce ne sera plus long maintenant, mais je ne peux pas rester plus longtemps. Martha guette comme un oiseau effrayé et

Le journal de Mary s'arrête ici.

Témoignage

Ces pages, d'une écriture différente,
ont été trouvées dans la bordure de la
couverture en patchwork.

Je suis une femme peu lettrée mais je me sens tenue de lui être fidèle et de finir son histoire (ce que j'en connais).

Elle voulait rester, mais elle n'avait pas le choix, elle devait partir. Ils sont venus tout droit de la Maison des assemblées, pensant à juste titre qu'elle courrait comme une renarde à son gîte. Nous avons fait tout ce que nous pouvions pour elle – de la nourriture et des vêtements à sa taille, car les nuits devenaient très froides et elle partait pour des lieux inhabités.

Ils sont arrivés en délégation, le révérend Johnson, Elias Cornwell, avec Nathaniel Clench et les connétables, ainsi que toute une foule d'autres. John Rivers et Tobias se tenaient prêts, avec mousquet et épée. Mais Sarah leur a interdit de se battre.

Elle et John leur ont dit que Mary était partie ils ne savaient où.

John et Sarah sont très respectés, Sarah est très liée à plusieurs familles influentes, et pas la moindre tache n'est venue ternir son nom. Il en va de même pour John. Les connétables sont restés interloqués, observant Nathaniel Clench, leur chef, et Sarah qui est de sa famille. S'il leur en avait donné l'ordre, ils seraient repartis. Mais le révérend Johnson a fait un pas en avant et leur a ordonné de fouiller les lieux.

« Vous pouvez fouiller autant que vous le voulez, elle n'est pas ici », a dit Sarah à Johnson.

Ils ont bel et bien fouillé, les deux maisons, des combles jusqu'à la cave. Tout, sauf la salle d'accouchement. Ils n'ont rien trouvé. Ils sont alors revenus, demandant à entrer là où aucun homme n'est autorisé à pénétrer.

« Vous ne passerez pas. »

J'ai fait un pas en avant.

« Pas avec lui, en tout cas. »

Ils avaient un étranger avec eux. Un homme, pareil à un bâton blanchi, qui toussait et crachait du sang dans son mouchoir, déjà marqué par la mort. Il ne ferait plus long feu en ce monde.

« Voyez-le tousser, il est atteint de consomption. Voulez-vous qu'il souffle son infection sur le nouveau-né ? Passez votre chemin, mes maîtres, il y a du travail à faire ici. Un travail de femmes. Quand le bébé sera né, vous pourrez fouiller autant que vous le voudrez. »

Je me suis tenue devant eux, les mains pleines de sang. Derrière moi, Rebecca hurlait de douleur, pour de bon. Les hommes ont reculé, comme ils devaient le faire. Tobias s'est avancé, John à ses côtés. Ils se sont mis devant la porte, épaule contre épaule. Impossible pour les hommes d'entrer, il aurait fallu leur passer sur le corps.

Ils sont partis en promettant de revenir.

Tobias a monté la garde jusqu'au matin. À ce moment-là, le bébé était né, et Mary déjà enfuie.

John Rivers lui a offert son cheval, mais elle l'a refusé,

en disant que, là où elle allait, un cheval ne lui servirait à rien. Il a fait tout ce qu'il a pu, et s'est assuré qu'elle quittait le village saine et sauve pour gagner la forêt. De là, elle a poursuivi sa route toute seule.

Rebecca a eu une fille. Elle l'appelle Mary-Sarah, mais l'enfant ne sera pas baptisée ici.

Nous allons partir aussi vite que nous le pourrons. Maintenant que le scandale a commencé, il ne s'arrêtera pas. Une victime leur a échappé, ils en chercheront d'autres. Jonas et moi, par exemple. Je ne donne pas cher de nos vies, lui, un étranger, et moi, une guérisseuse. Jonas est enclin à penser comme moi. Ils ne toucheront peut-être pas à John et à Sarah, pendant un moment du moins, en raison de leur position, mais rien n'est jamais sûr. Plus d'une femme riche et de bonne famille s'est balancée au bout d'une corde sous une potence. Jonas charge le chariot, nous partirons dès qu'il aura fini.

Sarah et John viendront avec Rebecca et Tobias, dès que Rebecca sera en mesure de voyager. Je leur conseille de ne pas tarder.

Mary m'a montré où elle avait caché son journal, et après avoir écrit ces mots, je les couds avec le reste. Quand nous partirons, j'emporterai son coffre avec, à l'intérieur, cette couverture en patchwork. Un jour, peut-être, nous retrouvera-t-elle et pourra-t-elle poursuivre son récit. Jusque-là, je garderai tout cela bien en sécurité. Alors, elle saura que je ne l'ai jamais trahie.

Nous partons pour Salem. Personne ne nous en empêchera. Mais nous pensons continuer vers le sud, une fois làbas. Jonas a entendu parler de lieux où les gens sont plus libres de suivre leur propre conscience, l'une des raisons principales pour lesquelles nous avons traversé l'océan. Nous laisserons un message pour elle dans tous les endroits où nous irons.

DANS LA COLLECTION

Tom Cox et l'Impératrice sanglante, Franck Krebs, 2000
Tom Cox et l'Œil du pharaon, Franck Krebs, 2001
Tu ne me connais pas, David Klass, 2002

RÉALISATION : PAO ÉDITIONS DU SEUIL
IMPRESSION : NORMANDIE ROTO IMPRESSION S.A.S. À LONRAI (ORNE)
DÉPÔT LÉGAL : MAI 2002. N° 51083 (020810).

Depuis la découverte de ces feuillets, des recherches ont été lancées afin de retrouver la trace de Mary Newbury et des autres personnes dont il est question dans ce récit.
Si vous possédez une information quelconque concernant l'un ou l'autre des individus et familles mentionnés, contactez s'il vous plaît notre site Internet, à l'adresse suivante:

Alison_ellman @witchchild.com